甘亦琛 著

辰鴻集

東南大學出版社
·南京·

图书在版编目（CIP）数据

飞鸿集 / 甘亦琛著 . -- 南京：东南大学出版社，2024. 10. -- ISBN 978-7-5766-1653-8

Ⅰ．I227

中国国家版本馆 CIP 数据核字第 2024P46F99 号

责任编辑：王艳萍　责任校对：张万莹　封面设计：毕真　责任印制：周荣虎

飞鸿集
Feihong Ji

著　　者：	甘亦琛
出版发行：	东南大学出版社
社　　址：	南京四牌楼 2 号　邮编：210096
出 版 人：	白云飞
网　　址：	http://www.seupress.com
电子邮件：	press@seupress.com
经　　销：	全国各地新华书店
印　　刷：	苏州市古得堡数码印刷有限公司
开　　本：	880 毫米 ×1230 毫米　1/32
印　　张：	7.875
字　　数：	131 千
版　　次：	2024 年 10 月第 1 版
印　　次：	2024 年 10 月第 1 次印刷
书　　号：	ISBN 978-7-5766-1653-8
定　　价：	52.00 元

本社图书若有印装质量问题，请直接与营销部联系。电话（传真）：025-83791830

前　言

苏轼诗云："人生到处知何似，应似飞鸿踏雪泥。"我为此集取名《飞鸿集》，主要是因为这句诗而对人生有所感悟。诗就是我人生的另一个世界，也许比起现实，我更享受诗中的人生。

此集是我第四部诗集，录诗词百余篇。在此之前，我已将一九九九年以来所作的诗文分别编入《十年游》《天涯路远》《很难休》三部诗集。但由于我二〇二〇年才开始了解诗词格律，此前所作的诗词均不符合格律，并普遍存在用错韵的现象，因此此集是我第一部格律诗集。正因如此，即使集中存在不少自己不满意的诗词，我也决定将其出版。

提到格律，这是我的一大遗憾。我从小爱读古诗词，但从未被人指点过关于诗词格律的知识，导致直到而立之年都不知格律。诗词格律是中国古典诗词形式美与内容美的高度集合，在形式上，比较注重声韵之美与对仗之美，由此产生了规范要求，所以也可以认为诗词格律是历代文人对文学美的共鸣产物，是适应艺术要求而产生的。唐诗宋词之所以能够成为经典，甚至堪称经典中的经典，我个人认为其中一个重要原因就是它们经历了诗词格律从初步体现到形成规范的过程。后人都是按照这种规范而为之，即使文学水平不断进步，经典也是无法超越的。

也有人提出，处处拘泥于格律，反而损害了诗词的意境，这个观点也不能说是错的，毕竟古人也曾为了追求意境，在诗词中有意识地安排出律的句子。但是，既然写近体诗词，就应该以格律为准绳，只有掌握格律，才能做到得心应手运用格律，真正做到不为格律所束缚。

在此集中，我为每一首诗词作了说明、注释和译文。其中，说明中简述了写作背景，毕竟在诗词赏析中，"知人论世"是非常重要的。译文并非逐字翻译，毕竟白话文无法完全表达出诗词的意境，只是作为原诗词的补充，因为有些诗词句，连我本人都难以翻译。此外，我还在部分空白处添加了一些文学常识，旨在适当丰富诗集内容，与集中诗词无关。

目 录

五律：秋登栖霞山 …………………………… 一

七律：李鸿章 ………………………………… 三

五律：致中国人民海军走向深蓝 …………… 五

长律：秋思（一）……………………………… 七

五律：记庚子冬月大雪 ……………………… 九

七绝：题南天湖梅花 ………………………… 一一

七绝：客至田家 ……………………………… 一三

七绝：山居 …………………………………… 一五

七律：无题 …………………………………… 一七

七绝：醉女歌 ………………………………… 一九

五绝：莫愁曲 ………………………………… 二一

七绝：咏蟹 …………………………………… 二三

七律：春游水乡 ……………………………… 二五

七绝：清风园见闻有感（一）………………… 二七

五绝：逢春对 ………………………………… 二九

五绝：清风园见闻有感（二）………………… 三一

五绝：清风园见闻有感（三）………………… 三三

七绝：清风园见闻有感（四）………………… 三五

七绝：清风园见闻有感（五）………………… 三七

七律：别佳人（一）……………………… 三九
五律：思归 ……………………………… 四一
七绝：别佳人（二）……………………… 四三
七绝：别佳人（三）……………………… 四五
七绝：别佳人（四）……………………… 四七
七绝：别佳人（五）……………………… 四九
七绝：别佳人（六）……………………… 五一
五律：晚春 ……………………………… 五三
七绝：别佳人（七）……………………… 五五
七绝：蔷薇 ……………………………… 五七
七绝：别佳人（八）……………………… 五九
七绝：别佳人（九）……………………… 六一
七绝：别佳人（十）……………………… 六三
七绝：别佳人（十一）…………………… 六五
词：蝶恋花·离思（一）………………… 六七
七律：离思（二）………………………… 六九
五律：离思（三）………………………… 七一
七绝：饮酒 ……………………………… 七三
五律：游太湖西山岛（一）……………… 七五
五律：游太湖西山岛（二）……………… 七七
五绝：离思（四）………………………… 七九
五律：野望 ……………………………… 八一
五律：秋夜宿黄龙岘 …………………… 八三

七律：左迁湖熟	八五
七绝：离思（五）	八七
七律：离思（六）	八九
七律：离思（七）	九一
长律：初夏晚歌	九三
词：小重山	九五
词：鹧鸪天·离思（八）	九七
七绝：悼抗日阵亡将士	九九
七律：入瓯（一）	一〇一
七绝：入瓯（二）	一〇三
五绝：南塘街留别	一〇五
长律：离瓯后作	一〇七
七律：离思（九）	一〇九
七绝：回乡偶书（一）	一一一
五律：出梅	一一三
七绝：离思（十）	一一五
五律：雨过乡村	一一七
七绝：雨晴	一一九
七绝：离思（十一）	一二一
七律：秋思（二）	一二三
七绝：望月	一二五
五绝：雨后茶山	一二七
五律：自嘲	一二九

七律：离思（十二）……………………… 一三一
五律：知秋 ……………………………… 一三三
词：破阵子·中秋感怀 …………………… 一三五
五律：夜宿水乡 …………………………… 一三七
词：如梦令·离思（十三）………………… 一三九
七绝：离思（十四）……………………… 一四一
五绝：咏桂 ……………………………… 一四三
五律：慢城山居 …………………………… 一四五
七绝：登紫金山望紫霞湖 ………………… 一四七
五律：湖熟菊花展会诗友 ………………… 一四九
词：江城子·离思（十五）………………… 一五一
七绝：咏雪 ……………………………… 一五三
七绝：回乡偶书（二）…………………… 一五五
七绝：回乡偶书（三）…………………… 一五七
五律：回乡偶书（四）…………………… 一五九
七绝：离思（十六）……………………… 一六一
五绝：题梅花山 ………………………… 一六三
五律：水乡春雨 …………………………… 一六五
七绝：离思（十七）……………………… 一六七
五律：春望 ……………………………… 一六九
五律：将进酒 …………………………… 一七一
七律：离思（十八）……………………… 一七三
七绝：题杨柳村 ………………………… 一七五

五律：离思（十九）	一七七
七古：荷塘花月夜	一七九
五律：离思（二十）	一八三
五绝：蜂	一八五
七律：醉题荷塘	一八七
五绝：回乡偶书（五）	一八九
七绝：春日寻花	一九一
五律：登高夜望	一九三
五律：雨过山间	一九五
七律：黄鹤楼	一九七
七绝：离思（二十一）	一九九
五律：题云水涧	二〇一
词：望江南·青蓝杉谷	二〇三
五绝：秋思（三）	二〇五
结语	二〇七
附录	二〇九
诗的分类	二〇九
近体诗的韵	二一二
近体诗的平仄	二一四
近体诗的对仗	二二一
词的简介	二二四
《平水韵》简介	二二六
《词林正韵》简介	二三一

入声字简介…………………………… 二三四
炼字心得…………………………… 二三七

【说明】

诗词按定稿时间顺序排列。

秋登栖霞山

漫步摄山中,山阶贯木丛。
晴霞栖古寺,秋露染丹枫。
捷足登高顶,江流动远空。
南朝随逝水,怅望意难终。

【说明】

本篇作于二〇二〇年十一月九日。平水韵上平声一东,最先得出的句子为"晴霞栖古寺,秋露染丹枫"。春牛首,秋栖霞,本篇为游玩栖霞山时所作。

【注释】

摄山:栖霞山,位于南京市栖霞区,古称摄山,山中建有栖霞寺。

山阶:山路的石级。

贯:贯穿。

丹枫:即红枫。

南朝：南京是六朝古都，南朝的宋、齐、梁、陈是其中的四个朝代，栖霞寺始建于南齐永明二年（484年）。

怅望：惆怅地望着。

【译文】
    秋天漫步在栖霞山中，
     山阶贯穿着树丛。
   晴朗明亮的霞光栖息于古寺，
    秋天的露水浸染着红枫。
     迅速登上山顶，
     看着江上的波浪，
    好像在动摇远处的天空。
     由此想到南朝，
    就如这逝水一般，
    惆怅一时难以止终。

李鸿章

少时意气发冲冠,封爵何知著史难。
戎马淮军平内乱,兴行洋务立朝坛。
饱经甲午败师苦,辛丑重收破国摊。
谁惜八旬臣子恨,残躯虽死未心安。

【说明】

本篇作于二〇二〇年十一月十三日。平水韵上平声十四寒,最先得出的句子为"封爵何知著史难"。本篇为读了关于李鸿章的传记、大致了解了李鸿章的一生后感慨而作。

【注释】

李鸿章:(1823年2月15日—1901年11月7日),安徽合肥人,本名章铜,字渐甫、子黻[fú],号少荃,清朝政治家、外交家、军事将领,晚清四大名臣之一。

著史:著写历史,李鸿章曾作"一万年来谁著史"。

淮军：李鸿章组建的部队。
内乱：太平天国运动、捻军运动。
洋务：洋务运动。

【译文】
　　　　年轻时候意气风发，
　　怎想到著写历史比封侯更难。
　　　曾经率领淮军平息内乱，
　　　又兴办洋务立足于朝坛。
　　　　饱受甲午战败的痛苦，
　　　　《辛丑条约》后，
　　　还得重收破国烂摊。
　　惋惜这年近八旬臣子的遗憾，
　　　　即使死了也想着国家，
　　　　　不得心安。

致中国人民海军走向深蓝

碧海千层浪,长空万里云。
乘风钢铁舰,逐日远洋军。
赴险护航道,御邻平战氛。
旌旗时待令,为国建功勋。

【说明】
　　本篇作于二〇二〇年十一月十七日。平水韵上平声十二文,最先得出的句子为"碧海千层浪,长空万里云"。本篇为赞扬国家海军快速发展而作。

【注释】
　　乘风:驾驭着风,形容舰队的形象。
　　逐日:追赶太阳,形容舰队行动急速。
　　远洋军:蓝水海军。
　　赴险:奔赴险远海域。
　　御邻:防御邻国。

旌旗：旗子的通称，借指官兵、士兵。

【译文】
　　　　　碧海上翻滚着千层浪花，
　　　　　长空中浮动着万里层云。
　　　　　乘风而来的钢铁战舰，
　　　　　这是祖国的远洋海军。
　　　　　他们赶赴险远海域，
　　　　　保护航道安全，
　　　　　更能够抵御和震慑邻国，
　　　　　平息战争的紧张气氛。
　　　　　海军战士们，
　　　　　时刻都在等待着命令，
　　　　　他们一定能为国家再建功勋。

秋思（一）

秋日多愁绪，见闻皆是非。
清晨烟森森，临晚柳依依。
乡野西风劲，河边绿草稀。
桥头人北望，天际雁南飞。
落叶随秋水，流波映暮晖。
夕阳光散尽，冷夜鸟啼微。
渔火熏云色，孤星望月辉。
常看明月耀，难觅故人归。
提笔寒盈袖，思卿泪满衣。
心中无限恨，岂可以珠玑。

【说明】

本篇作于二〇二〇年十二月十七日。平水韵上平声五微，最先得出的句子为"落叶随秋水，流波映暮晖"。本篇为表达秋天里的思念而作。

【注释】

烟：雾气。

森森：浩大。

依依：指树枝随风摇动的样子。

盈：满。

珠玑：优美感人的文章。

【译文】

秋日里总是易生愁绪，所见所闻总似是而非。

清晨时雾气浓厚，傍晚时柳枝依依。

在乡下的田野里西风猛烈，小河边满是枯草，青绿色甚稀。

站在桥头望着天空，看见鸿雁南飞。

落叶随着流水一起逝去，流动的水波倒映着日暮的余晖。

直到余晖全部散尽，冷夜来临，鸟声都变得轻微。

空中的云似乎被渔火熏得明亮，

孤星和月亮相望着散发光辉。

也许经常能够看到明亮的月光，却很难看到故人归来。

此刻刚想提笔写下自己的感受，寒气就充满了衣袖，

同时思念的泪水打湿了衣裳。

这心中的遗憾，又岂是文字能够表达的呢？

记庚子冬月大雪

应怜窗外景,默默起吟情。
雪似倾盆雨,风如急马声。
池塘浮白羽,草木结冰晶。
明日登高望,银装一座城。

【说明】

本篇作于二〇二〇年十二月二十九日。平水韵下平声八庚,最先得出的句子为"雪似倾盆雨"。本篇为庚子年十一月突如其来的大雪而作。

【注释】

冬月:农历十一月。

怜:怜惜。

默默:不出声,默默无言。

吟情:诗情,诗兴。

急马:飞奔的马。

冰晶：固态水合物。

银装：银装素裹。

【译文】
应该是太怜爱窗外落雪的场景，
默默地在心中起了吟诗的心情。
大雪纷飞就像倾盆大雨一般，
此时的风也如快马奔腾之声。
雪落在池塘里，
就像浮在水面的白羽毛，
落在草木上，
很快就结起了冰晶。
如此大雪积累到明天，
当登高遥望时，
定能看到银装素裹的一座城。

题南天湖梅花

透粉花容映艳阳,此时南国正春光。
湖前影落千般媚,林外风来一抹香。

【说明】
　　原诗作于二〇二〇年二月四日,本篇于二〇二一年一月十四日依格律修改。平水韵下平声七阳,最先得出的句子曾为"只凭雪里一抹香"。本篇为看到一个关于南天湖"梅花"的主题征稿活动,了解了南天湖美景后,结合对梅花的认知,修改以前所作的一首诗而成。

【注释】
南天湖:位于广东省汕尾市。
映:映衬。
南国:指南方。
一抹:一片,一阵。

【译文】

　　　　　透着粉色的梅花，
　　　　与艳阳互相映衬着，
　　　　　遥想此时的南方，
　　　　　　正是春光明媚。
　　梅花倒映在湖水中，
　　随波飘动千般娇媚。
　　梅林外的春风吹来，
　　带着一阵梅花的清香。

【文学常识】

　　中国诗歌萌芽：甲骨卜辞和《周易》卦爻辞中的韵语，是有文字记载的中国古代诗歌的萌芽。甲骨卜辞是指中国商周时期刻在龟甲兽骨上记录占卜的文字。

客至田家

杨柳斜风蝶恋花,晴云临晚客田家。
望穿阡陌几行鹭,听取池塘一片蛙。

【说明】
　　本篇作于二〇二一年二月三日。平水韵下平声六麻,最先得出的句子为"听取池塘一片蛙"。本篇为春天的田园风光而作。

【注释】
　　晴云:晴天的云彩。
　　临晚:傍晚。
　　阡陌:田间小道。
　　鹭:白鹭。

【译文】

　　　　柳枝在风中摆动，
　　　　蝴蝶依恋着花朵，
　　　　伴着晴天的云彩，
　　　　傍晚时分来到田家。
　　　　远望田间小道，
　　　　看见几行白鹭，
　　　　又听到池塘边传来，
　　　　一片蛙鸣声。

【文学常识】

　　《诗经》：中国第一部诗歌总集，原名《诗》，共305篇，也称"诗三百"，另有6篇笙诗，有目无辞。笙诗又称"六笙诗"，为《诗经·小雅》中的《南陔》《白华》《华黍》《由庚》《崇丘》《由仪》六篇。

山居

清风翠柳书琴画,明月香花诗酒茶。
常伴青山人不老,欲辞案牍早还家。

【说明】

本篇作于二〇二一年二月五日。平水韵下平声六麻,最先得出的句子为"明月香花诗酒茶"。本篇为答谢吕业民老先生赠书《诗意青山》而作。

【注释】

清风:清微的风,比喻高洁的品格。
书:书法。
青山:长满绿植的山,这里也借代南京市江宁区淳化街道的青山社区。
案牍:公事文书,指世俗繁重的工作。

【译文】

这里有清风翠柳,
非常适合在此琴棋书画。
这里有明月香花,
也适合在此吟诗作对饮酒品茶。
有青山相伴人都会延缓衰老,
一时间我也想远离俗世,
丢下繁重的工作早日回家。

【文学常识】

风雅颂:《诗经》所收录的都是曾经入乐的歌曲,按音乐性质的不同,分为风、雅、颂三类。"风"是指国风,即不同诸侯国和地区的地方土乐;"雅"是指周朝京都地区的雅正之乐;"颂"是祭神祭祖时用的歌舞乐曲。

无题

月映灯红夜在冬,当年偶遇醉音容。
多情自是伤离恨,万语难言绝影踪。
嗟叹尘缘终散尽,奈何梦境总相逢。
余生料得愁常伴,无以消除借玉钟。

【说明】

本篇作于二〇二一年二月十六日。平水韵上平声二冬,最先得出的句子为"当年偶遇醉音容""奈何梦境总相逢"。本篇是因为想起以往画面,思念故人而作。

【注释】

映:映衬。

恨:遗憾。

嗟叹:感叹,叹息。

玉钟:玉制的酒杯,亦用作酒杯的美称。

【译文】

一个冬天的夜晚,

月光与城市的灯光相互映衬着,

这是与你偶遇的场景,

当时更沉醉于你的音容。

多情的人总是为离别而遗憾悲伤,

千言万语也无法描述,

我再也见不到你身影的感受。

感叹你我在尘世中的缘分已经散尽,

但就快忘记的时候,

在梦中总能遇见你。

往后余生怕是哀愁经常相伴,

这种哀愁无法消除,

只能借着美酒暂时淡忘。

醉女歌

淳淳烈酒闹花丛,衣袂翩翩欲梦中。
饮至微醺人最美,淡妆透粉两腮红。

【说明】
　　本篇作于二〇二一年二月二十日。平水韵上平声一东,最先得出的句子为"饮至微醺人最美"。本篇为无意中看到一幅栩栩如生的醉女图后而作。

【注释】
淳淳:古同"醇",酒味厚、纯。
衣袂:衣袖。
翩翩:形容飞舞的样子。
微醺:微醉。

【译文】

醇醇的烈酒,
让这位美女嬉戏于花丛,
她翩翩起舞,
令人感觉如同梦中。
也许微醉的时候是最美的,
淡妆中透着粉色,
两腮映着酒红。

【文学常识】

赋比兴:指《诗经》的三种基本表现手法。"赋"就是铺陈直叙,"比"就是类比,"兴"是触物兴词,这三种手法在诗歌创作中往往交相使用。其既是《诗经》的艺术特征,也开启了中国古代诗歌创作的基本手法。

莫愁曲

虽名莫愁女,何以满愁容。
碧水千年泪,寒霜几度冬。

【说明】

本篇作于二〇二一年二月二十一日。平水韵上平声二冬,最先得出的句子为"虽名莫愁女,何以满愁容"。本篇为游玩莫愁湖时所作。

【注释】

莫愁女:指南京莫愁女,相传是一位具有中国传统女性美德的洛阳女子,其石像设在南京莫愁湖内。

何以:为什么。

几度冬:几个冬天,指很多年。

【译文】

　　虽然这个女子名为莫愁,
　　但她又为何总是满脸愁容。
　　莫愁湖的水也许是她落下的眼泪,
　　不知道她在生之时,
　　经历过多少年的风霜。

【文学常识】

　　叠咏体:指篇章结构上章节回环复沓、反复咏唱的民歌体,该体式在《诗经》中的运用非常显著。这种重章复唱的形式,在《诗经》的305篇中,占了一半以上。

咏蟹

双螯八足甲青红,自是天生武将风。
霸道横行非本意,长存佛影在身中。

【说明】
　　本篇作于二〇二一年三月七日。平水韵上平声一东,最先得出的句子为"双螯八足甲青红"。本篇是托物言志之作,暗指凡事不能只看外表。

【注释】
　　螯:螃蟹的第一对脚。
　　甲:指蟹壳。
　　风:风范。
　　佛影:指螃蟹体中一类似达摩的部位,也有传说认为是法海和尚。

【译文】

　　一只螃蟹有两个螯八只小腿,
　　外壳是青红色的,非常威武,
　　好像天生就有武将的风范。
　　它走起路来横行霸道,
　　但这并不是它有意摆出的架势,
　　它身中有个部位很像达摩祖师,
　　也许善良才是真实的它。

【文学常识】

　　兴观群怨说:是孔子在《论语·阳货》中提出来的,"兴"是说诗歌有感化人精神的作用,"观"是说诗歌可以起到观察、认识社会现实的作用,"群"是说诗歌可以使人们交流感情,起到团结人的作用,"怨"是说诗歌可以批评现实,批判黑暗的社会和不良政治。

春游水乡

东风隐隐蝶随蜂,垂柳依依春正浓。
移步孤村惊燕影,行船碧水漾云踪。
闲看陌野青红色,坐赏佳人花月容。
若得逍遥常作伴,何辞一世只平庸。

【说明】
　　本篇作于二〇二一年三月九日。平水韵上平声二冬,最先得出的句子为"坐赏佳人花月容"。本篇为感叹乡村振兴而作。

【注释】
　　依依:树枝轻柔随风摇动的样子。
　　云踪:云影。
　　陌野:田野。
　　青红:指春天植物的颜色繁多。

【译文】

东风徐来，
花丛里蝴蝶追随着蜜蜂，
垂柳摇动着枝叶显得春色正浓。
移步到乡村中惊起燕子的身影，
乘着乌篷船惊起波浪，
荡漾着云彩的行踪。
望着田野一片多彩的春色，
游客中有许多美女，
可以静静欣赏她们的面容。
若是能够这样逍遥自在地游玩，
哪怕让我一辈子碌碌无为，
我也甘于平庸。

清风园见闻有感(一)

曾经宦海梦魂中,梦醒繁华已是空。
不禁唏嘘催泪眼,徒生悔恨在牢笼。

【说明】
　　本篇作于二〇二一年三月十三日。平水韵上平声一东,最先得出的句子为"梦醒繁华已是空"。本篇为在清风园办案时所作,后另作同名数篇。

【注释】
　　清风园:南京市纪委一处办公点,是留置涉嫌职务犯罪人员的地方。
　　宦海:指官场。
　　唏嘘:无奈,感叹。
　　徒:只。

【译文】

  曾经当官的时候风光无限,
  现在这些风光只能在梦中出现了,
  当梦醒后一切又回到了现实。
  被留置的人总有无尽的唏嘘,
  和流不尽的眼泪,
  在牢狱中也只能徒生悔恨了。

【文学常识】

  思无邪说：孔子在《论语·为政》中提出了"思无邪说","思无邪"的批评标准从艺术上说就是提倡一种中和之美,从音乐上说就是提倡乐曲要中正平和,从文学作品上说就是要求作品从思想内容到语言都不要过分激烈,应婉转曲折,不要过于直露。

逢春对

杨柳千丝絮,春桃一树花。
山茶数重叶,野草几株芽。

【注释】

本篇作于二〇二一年三月十六日。平水韵下平声六麻,最先得出的句子为"春桃一树花"。本篇根据春天的景色和对春天的想象,以对联形式描绘春景。

【注释】

对:对联。

絮:柳树的种子,上有白色丝状绒毛,随风飞散如飘絮,所以称柳絮。

【译文】

春天到了,

杨柳随风飘舞,

千丝柳絮飞散。

春天的桃树开满了花朵。

山上的茶树枝叶茂盛,

野草也冒出一些芽。

【文学常识】

春秋笔法:又称春秋书法或微言大义,此说法出自《春秋》,指寓褒贬于曲折的文笔之中,也在严谨的措辞中表现出作者的爱憎,比如杀有罪者为"诛",杀无罪者为"杀",下杀上为"弑"等。

清风园见闻有感(二)

贪婪如有限,牢狱岂无涯。
姹紫嫣红季,相思室外花。

【说明】
本篇作于二〇二一年三月十六日。平水韵下平声六麻,最先得出的句子为"相思室外花"。

【注释】
贪婪:诗中指受贿不知满足。

【译文】

如果一个人,

能控制自己的贪婪,

又岂会落得漫长的牢狱。

现在正是春天,

到处姹紫嫣红,

被留置的人,

只能徒生相思,

却看不到室外的花朵。

【文学常识】

四书五经:"四书"指《大学》《中庸》《论语》《孟子》四部儒家经典,合称为"四书"始于宋代朱熹写的《四书章句集注》;"五经"指《诗经》《尚书》《周易》《礼记》《春秋》五部儒家经典,合称为"五经"始于汉武帝时期。

清风园见闻有感(三)

晴春正艳阳,室外满庭芳。
一日一昼夜,无缘顷刻香。

【说明】
本篇作于二〇二一年三月二十四日。平水韵下平声七阳,最先得出的句子为"一日一昼夜,无缘顷刻香"。

【注释】
晴春:晴朗的春天。
艳阳:明亮的太阳。
顷刻:指极短的时间。

【译文】

　　正是晴朗的春天艳阳高照,
　　室外的庭院里开满了花朵。
　　一天分为一个昼夜,
　　而被留置的人失去自由,
　　哪怕是顷刻花香,
　　对他们来说也是奢求。

【文学常识】

　　知人论世说:是孟子在《孟子·万章下》中提出来的说法,指阅读文学作品应该了解作者的生平经历和写作的时代背景,这样才能站在作者的立场上,体验作者的思想感情,精准把握作者的写作意图和正确理解作品的思想内涵。

清风园见闻有感(四)

嗜赌古来皆是凶,家财败尽债重重。
狱中暂别凡尘事,父母妻儿何去从。

【说明】
　　本篇作于二〇二一年三月二十六日。平水韵上平声二冬,最先得出的句子为"父母妻儿何去从"。本篇为办理一嗜赌成性、骗取巨额公款案件后所作,引以为戒。

【注释】
　　皆:都。
　　凶:凶险的事。
　　凡尘事:指被追债。

【译文】

自古以来嗜赌成性是凶险的,

不仅能让人败尽家财,

更会负债累累。

有些人因嗜赌成性,

贪污巨款被留置,

此刻倒是与世隔绝,

但父母妻儿又该何去何从呢?

【文学常识】

知言养气说:孟子在《孟子·公孙丑上》中说"我知言,我善养吾浩然之气",由此提出了"知言养气说",其认为作者必须首先具有内在的精神品格之美,养成"浩然之气",才能写出美而正的言辞。

清风园见闻有感（五）

贪官非是本无知,酒色钱财几度痴。
笑止身空着囚日,愁生夜静落灯时。

【说明】

本篇作于二〇二一年三月二十八日。平水韵上平声四支,最先得出的句子为"愁生夜静落灯时"。

【注释】

身空：指脱光衣服。

着囚：穿上囚衣。

【译文】

这些贪官本来并不是无知的,
只是面对酒色钱财迷失了自己。
当他们脱光衣服换上囚服,
就再难有笑容了,
夜深人静时,
只有无尽的愁绪。

【文学常识】

得意忘言说:是指庄子对言、意关系的看法,在其看来,言是不能完全表达意思的,即言不尽意,他强调语言文字的局限性。此说法对文艺创作影响深远,文学作品贵在含蓄、有回味,往往要求以少代多,诗词更是如此。这对文学理论和文学批评产生了巨大影响,在魏晋以后,形成了中国古代文学注重意在言外的传统。

别佳人(一)

绿树红花春正浓,佳人似蕊艳千重。
纤腰婉转微藏态,玉面含羞半掩容。
有幸游途初得见,无缘易处再相逢。
浮生只记回眸笑,一别江湖绝影踪。

【说明】

本篇作于二〇二一年三月三十日。平水韵上平声二冬,最先得出的句子为"纤腰婉转微藏态,玉面含羞半掩容"。另作同名数篇。

【注释】

蕊:花蕊,古代用花形容美女,而对于顶级美女,花就不足以形容了,这时就要用蕊来形容,如孟昶爱妃"花蕊夫人"。

游途:游玩的途中,指相遇的地点。

【译文】

到处绿树红花,
春天的气息非常浓厚。
此季得遇佳人,
她像花蕊一般,
更比花美艳千重。
她的腰身纤细多姿,
体态难以掩藏,
面容带着一丝羞涩,
更有"犹抱琵琶半遮面"的感觉。
我有幸与她在游玩的途中相遇,
但我们离开这里后怕是再难相逢。
也许在浮生里只能记得你那回眸一笑,
离别之后彼此将不见影踪。

思归

欲隐俗世外,不知何处归。
梦中思幻境,山野筑柴扉。
秋至闲看菊,春来可采薇。
余生求自在,懒顾是和非。

【说明】

本篇作于二〇二一年三月三十日。平水韵上平声五微,最先得出的句子为"春来可采薇"。本篇为表达与世无争之心而作。

【注释】

柴扉:柴门,亦指简陋的房子。

薇:巢菜,野豌豆。采薇内涵归隐之意,如王绩《野望》里的"长歌怀采薇"。

【译文】

有时候想要远离俗世，

隐居于世外，

却不知道该去哪里。

时常梦见幻境般的地方，

并在此筑起简陋的房子。

秋天有闲情看看菊花，

春天可以采薇为乐。

其实余生只想自由自在，

不想再去管是非对错。

【文学常识】

香草美人：香草、美人是屈原《离骚》中最引人注目的两类意象。美人一般被用来比喻君王或是自己，也象征着高洁和美好的品质；香草一般被用来比喻忠贞之士和高洁的人格，也象征政治斗争中的善恶双方中善的一方。香草美人是对《诗经》中比兴手法的继承和发展。

别佳人(二)

花红柳绿可怜春,独艳江南有丽人。
意欲相知言却止,奈何非是自由身。

【说明】
　　本篇作于二○二一年三月三十一日。平水韵上平声十一真,最先得出的句子为"奈何非是自由身"。

【注释】
　　可怜:可爱,令人喜欢。
　　丽人:指美貌的女子。
　　意欲:想要。
　　相知:互相了解。

【译文】

在这动人的春天里,
到处花红柳绿,
但与这江南美女相比,
春天的美景只能黯然失色。
我很想认识这美丽的姑娘,
却欲言又止,
奈何我已有家室,
并不是自由之身。

【文学常识】

楚辞:有两个含义,一是指战国时产生在楚地的由屈原吸取楚神巫文化和民间歌谣的特色而创造的一种新诗体,又称"骚体",二是指西汉末年刘向编辑的一部楚辞体诗歌集,以"楚辞"作书名,内含屈原、宋玉、景差等人的辞赋作品。

别佳人(三)

向天再借十年春,千种殷勤赠丽人。
一见倾心含恨别,江湖相忘欲沾巾。

【说明】
　　本篇作于二〇二一年三月三十一日。平水韵上平声十一真,最先得出的句子为"向天再借十年春"。

【注释】
　　春:青春。
　　殷勤:热情。
　　恨:遗憾。

【译文】

如果能向天再借十年青春,
我一定会把自己的千般殷勤,
都献给这美丽的姑娘。
虽然一见倾心但只能含恨而别,
想到彼此将相忘于江湖,
眼泪已然落下。

【文学常识】

骚体赋:汉赋的一种,指在体制上极力模仿楚辞体并以赋名篇的作品。骚体赋不等同于楚辞,它已经散文化了,是楚辞演变为汉大赋的过渡形式,代表性作品有贾谊的《吊屈原赋》、司马相如的《长门赋》等。

别佳人(四)

我思卿时卿可思,或卿如我本情痴。
倾心难表无言别,此别重逢未有期。

【说明】
　　本篇作于二○二一年三月三十一日。平水韵上平声四支,最先得出的句子为"我思卿时卿可思",此句略有出律,未加调整。

【注释】
　　卿:你,古代的爱称。
　　或:也许。

【译文】

　　　　我思念你的时候,
　　　你可对我也有思念呢?
　　是否你也跟我一样是个痴情之人呢?
　　　　　对你的倾慕之情,
　　　　因我已有家室难以表达,
　　　　　　只能默默离别,
　　　　这一别怕是后会无期了。

【文学常识】

　　散体赋:指汉代盛行的赋体作品,以主客问答的方式"铺陈摛文,体物写志",虽散韵结合,但散文的意味较重,所以称散体赋,因一般篇幅较长,所以又称散体大赋。

别佳人(五)

一别音容岂忘怀,应逢幽梦见瑶台。
遥看云外飞鸿影,疑是佳人踏雪来。

【说明】
　　本篇作于二〇二一年四月二日。平水韵上平声十灰,最先得出的句子为"遥看云外飞鸿影,疑是佳人踏雪来"。

【注释】
　　音容:声音容貌。
　　瑶台:指雕饰华丽的楼台,传说中的神仙居处。
　　飞鸿:飞行的鸿雁,暗指离别的身影。

【译文】

即使分别也无法忘记你的声音容貌,
也许在梦里会与你在瑶台相见。
偶尔放眼天空,
总感觉有鸿雁归来的身影,
更像是你踏雪而来。

【文学常识】

诗人之赋丽以则,辞人之赋丽以淫:这是西汉扬雄在《法言·吾子》中对辞赋的评论,"诗人之赋"指屈原的骚赋,"辞人之赋"指宋玉的赋及枚乘、司马相如的散体大赋,"则"是"法则"的意思,"淫"是藻饰过分的意思,这样的文学观点在当时是有进步意义的。

别佳人(六)

初见君时花正开,重逢花落点青苔。
春光一晌无踪迹,应似飞鸿不复来。

【说明】
　　本篇作于二〇二一年四月二日。平水韵上平声十灰,最先得出的句子为"初见君时花正开"。

【注释】
　　点:装点,点缀。
　　青苔:苔藓植物的泛称。
　　一晌:指短时间。

【译文】

初次见到你的时候,

正逢春花盛开,

再次见到你的时候,

花已凋落在青苔上。

美好的春天逝去得如此之快,

就像鸿雁一去不复返。

可能我与你也是一样,

再无相见之时。

【文学常识】

劝百讽一:出自西汉扬雄的《法言》,"劝"是鼓励、提倡的意思,"讽"指"讽谏","劝百讽一"是说二者在赋中比例悬殊,其认为汉赋本应对统治者进行讽喻,但赋中却总是用极大的篇幅和过量的辞藻铺叙他们奢侈享乐的生活,结果欲讽反劝,适得其反,这也深刻指出了汉赋讽喻作用的虚伪性。

晚春

桃李芳菲尽,春华不久归。
东风斜柳叶,朝露润蔷薇。
自在乘云燕,清闲浴日晖。
万灵皆有道,造物岂无依。

【说明】
　　本篇作于二〇二一年四月二日。平水韵上平声五微,最先得出的句子为"朝露润蔷薇"。本篇为感悟春景而作。

【注释】
　　春华:春天的花,亦指美好的春天。
　　归:归去,过去。
　　日晖:阳光。
　　万灵:指万物。
　　造物:指创造万物,也指创造万物的神力。

【译文】

桃花李花已经落尽,

美好的春天即将过去。

但此时杨柳在风中摇动,

清晨的露水滋润着蔷薇花。

燕子在云中自由飞翔,

清闲地沐浴着阳光。

万物各自有着生存之道,

造物者不会无故安排。

【文学常识】

互见法:又称旁见侧出法,是《史记》中塑造完整人物形象的手法,即在一个人物的传记中着重表现他的主要特征,而其他方面的性格特征则放在别人的传记中显示。

别佳人(七)

相思遥望月朦胧,倩影何时遇梦中。
阅尽繁花皆俗粉,再无一例艳惊鸿。

【说明】
　　本篇作于二〇二一年四月十八日。平水韵上平声一东,最先得出的句子为"阅尽繁花皆俗粉,再无一例艳惊鸿"。

【注释】
　　繁花:繁茂的花,各种各样的花,也指美女。
　　惊鸿:惊飞的鸿雁,形容美人体态轻盈。

【译文】

每当望着朦胧的月亮,

总会勾起无尽的相思,

也许无缘再见,

只盼你的倩影出现在梦里。

与你相比,世上那些繁花般的美女,

都只是庸脂俗粉,

恐怕我再也遇不到一个,

如你般拥有惊鸿之貌的姑娘了。

【文学常识】

汉赋四大家:指汉大赋的代表作家司马相如、扬雄、班固、张衡,他们的赋代表了汉大赋的最高成就。

蔷薇

绿叶红花一树中,春深饮露更玲珑。
生来不及玫瑰艳,亦有幽香暗入风。

【说明】

本篇作于二〇二一年四月二十三日。平水韵上平声一东,最先得出的句子为"绿叶红花一树中"。本篇是托物言志之作。

【注释】

玲珑:指精巧细致。

不及:比不上。

【译文】

　　　　绿叶红花在一棵树上相互衬托,
　　　　蔷薇花吸收着春天的露水,
　　　　　　显得更加精致。
　　　　虽然蔷薇生来不及玫瑰娇艳,
　　　　　　但它也有一抹幽香,
　　　　　　暗暗地散发在风里。

【文学常识】

　　乐府诗:两汉乐府诗是指朝廷乐府系统或相当于乐府职能的音乐管理机关搜集、保存下来的汉代诗歌,魏晋以后的文人,很多沿用古乐府旧题而写新诗。

别佳人(八)

多情总是惹春愁,莫问何缘独倚楼。
恰似花开花落去,等闲离别恨难休。

【说明】
　　本篇作于二〇二一年四月二十四日。平水韵下平声十一尤,最先得出的句子为"多情总是惹春愁"。

【注释】
　　春愁:春日的愁绪,出自南朝梁元帝《春日》"春愁春自结,春结讵能申"。
　　缘:原因。
　　恨:遗憾。

【译文】

多情的人总是充满愁绪,
时常默默地倚靠在小楼上。
也许只是因为花开花落这般小事,
如此寻常的离别都遗憾不已,
而你将远去这是多么让人伤感。

【文学常识】

魏晋风流:指魏晋士人所追求的一种人格美,或是他们所追求的艺术化人生,即用自己的言行、诗文使自己的人生艺术化。这种艺术必须是自然的,是个人本性的自然流露。构成魏晋风流的条件是玄心、洞见、妙赏、深情,而魏晋风流表现在外的特点是颖悟、旷达、真率。

别佳人（九）

多情自扰醉红颜，望尽飞鸿离恨天。
故作风流强言笑，相思难解寄残篇。

【说明】
　　本篇作于二〇二一年四月二十六日。平水韵下平声一先，最先得出的句子为"望尽飞鸿离恨天"。

【注释】
　　故作：假装。
　　寄：寄托。
　　残篇：残留的诗文，即《别佳人》数篇。

【译文】

多情的人总会被红颜困扰,

就像望着鸿雁,

充满远去的遗憾。

有时候多情的人,

总是假装风流不羁强颜欢笑,

其实心中相思之苦无法解除,

只能寄托在自己的诗文里。

【文学常识】

建安风骨:这是对汉末魏初时期的优秀诗歌创作特色所作出的概括。建安文学以曹魏集团为中心,主要成就在诗歌。建安是汉献帝的年号,建安诗人直承汉乐府民歌的现实主义精神,展示了广阔的时代生活画面,后人把建安诗歌的独特风格称为"建安风骨"。其内涵主要有政治理想的高扬、人生短暂的哀叹、强烈的个性表现和浓郁的悲剧色彩,其后成为反对浮靡柔弱诗风的一面旗帜。

别佳人(十)

我似孤星卿似月,孤星望月永无期。
易凭烈酒强欢笑,难断情根解苦思。

【说明】
　　本篇作于二〇二一年四月二十八日。平水韵上平声四支,最先得出的句子为"我似孤星卿似月"。

【注释】
　　强:勉强。

【译文】

　　我像是孤星你像是明月，

　　孤星望月总是遥不可及。

　　借着烈酒强颜欢笑很容易，

　　但很难断去情根，

　　彻底解除相思之苦。

【文学常识】

　　三曹和建安七子："三曹"指建安文学的代表作家曹操与其子曹丕、曹植，他们的创作对当时的文坛有很大影响。"建安七子"指孔融、陈琳、王粲、徐干、阮瑀、应玚、刘桢七位作家，因曹丕在《典论·论文》中曾以七人并举，古称"建安七子"，除"三曹"和蔡琰外，此七人是建安文坛上最具代表性的人物。

别佳人(十一)

夜半春深梦落花,相思恨极苦无涯。
倚楼遥望孤星月,感叹怜光泪满纱。

【说明】

本篇作于二〇二一年五月二日。平水韵下平声六麻,最先得出的句子为"夜半春深梦落花,相思恨极苦无涯"。

【注释】

恨极:遗憾至极。

涯:尽头。

怜光:指美好的月光。

纱:纱巾。

【译文】

　　在深春的半夜里,
　　梦到了落花的场景,
　　勾起无穷无尽的相思遗憾。
　　倚靠在小楼上,
　　看到天空孤星望月,
　　突然间被美好的月光所感,
　　泪水也落到了纱巾上。

【文学常识】

　　竹林七贤:三国时期七位名士的合称,即嵇康、阮籍、山涛、向秀、刘伶、阮咸、王戎,七人常集于山阳竹林之下,喝酒、纵歌,肆意酣畅,古称"竹林七贤"。他们大都弃经典而尚老庄,蔑礼法而崇放达。在文学创作上,以阮籍和嵇康最为著名。

蝶恋花·离思(一)

遥指碧霄应有遇,万里层云,云外飞鸿去。不羡繁华春永驻,花丛俗粉何曾顾。

昨夜无眠孤倚户,乱雨惊风,总落伤心处。难断相思离恨苦,登楼空望天涯路。

【说明】

本篇作于二〇二一年五月四日。词林正韵第四部,仄声上声六语七虞、去声六御七遇通用,最先得出的句子为"万里层云,云外飞鸿去"。本篇为表达离别之情而作,后另作同名数篇。

【注释】

碧霄:蓝天。

顾:注意。

户:窗户。

【译文】

遥望蓝天应该会遇到一些景象,
比如看到万里层云,
云外有鸿雁远去的身影。
从来不羡慕繁华的春景能够永远不变,
因为花丛里的庸脂俗粉我根本没有注意。
昨夜难以入睡只能倚靠在窗前,
看到雨水随风落下,
看得伤心无比。
此时又勾起了相思离别之苦,
登上小楼只看见通往天涯的道路,
思念的人却无影无踪。

离思(二)

音容难断忆红颜,望处鸿飞离恨天。
酒入柔肠思未尽,心存倩影夜无眠。
空余远别浮生苦,更惜相逢前世缘。
消瘦残躯终不悔,情牵岂舍付云烟。

【说明】
　　本篇作于二〇二一年五月八日。平水韵下平声一先,最先得出的句子为"更惜相逢前世缘"。

【注释】
　　望处:所望之处。
　　空余:只剩下。
　　情牵:感情的牵绊。

【译文】

离别之后却无法忘记音容,

可眼前的景象却充满鸿雁远去般的遗憾。

借酒消愁根本无法断去思念,

心里想着她夜里总是失眠。

浮生里只留下因远别产生的痛苦,

但相遇是前世的缘分我更加珍惜。

即使因为思念消瘦也不后悔,

这种感情的牵绊,

又怎舍得让它随云飘散。

【文学常识】

太康诗风:太康是晋武帝的年号,所谓太康诗风是指以陆机、潘岳为代表的西晋诗风。追求华辞丽藻、描写繁复详尽及大量运用排偶,是太康诗风的主要表现。

离思(三)

徘徊遍野中,懒顾万花丛。
往复三春艳,飘零一缕风。
凭栏空望远,何处是归鸿。
难尽离别恨,思量情不终。

【说明】
  本篇作于二〇二一年五月十一日。平水韵上平声一东,最先得出的句子为"凭栏空望远,何处是归鸿"。

【注释】
懒顾:懒得回顾。
往复:往而复来,循环不息。
凭栏:靠着栏杆。
归鸿:归来的鸿雁,用以寄托思念。

【译文】

　　　　每次徘徊在野外,
　　　都懒得注意繁乱的花丛。
　　　可能是因为花开得再娇艳,
　　　春天归去也会随风零落。
　　　靠着栏杆望着远处的天空,
　　　不知道哪里会有归鸿身影。
　　　离别的遗憾总是难以消除,
　　　牵挂的感情总是不会终止。

【文学常识】

　　左思风力:是对西晋太康时期诗人左思诗歌风格的形象概括。其诗情调高昂,辞采壮丽,形成独有的豪壮风格,与当时流行的华丽诗风迥然不同,钟嵘《诗品》称之为"左思风力"。

饮酒

一晌贪欢且纵情,相逢意重酒壶轻。
千杯万语愁难叙,看雨听风到五更。

【说明】

本篇作于二〇二一年五月十五日。平水韵下平声八庚,最先得出的句子为"相逢意重酒壶轻"。本篇为与异乡朋友饮酒后所作。

【注释】

一晌:指短时间。
意:情意。
五更:即天亮时分。

【译文】

既然只能享受短暂的欢乐,
那就放纵一下自己吧。
毕竟我们相逢情意深厚,
拎壶畅饮显得格外轻松。
不过即使饮下千杯酒说尽心里话,
也无法叙说心中的愁苦,
只能看着窗外的风雨直到天亮。

【文学常识】

玄言诗:西晋末至东晋时期所出现的一种诗体,在东晋百年间占据主导地位,代表作家有孙绰、许询等。其内容上宣扬老庄哲学和佛教哲理,在艺术上缺乏形象。东晋玄言诗本身的艺术价值并不高,但对后世的影响却相当深远。

游太湖西山岛(一)

日出西山岛,晨光耀浪潮。
流云舒白练,踏野遇晴朝。
捷足登缥缈,扬帆过大桥。
奈何身是客,暂刻绝尘嚣。

【说明】
　　本篇作于二〇二一年五月二十一日。平水韵下平声二萧,最先得出的句子为"日出西山岛,晨光耀浪潮"。本篇为游玩太湖西山岛时所作,另作同名一篇。

【注释】
西山岛:位于苏州古城西南四十多公里的太湖之中。
白练:白色熟绢。
缥缈:指西山岛的缥缈峰。
大桥:指太湖大桥。
尘嚣:指人世间的烦扰、喧嚣。

【译文】

在西山岛上看着日出,
清晨的阳光闪耀在波浪之上。
天上的云朵像白色熟绢一般,
出来游玩遇上了晴朗的清晨。
快速登上缥缈峰远远望去,
看到了渔船扬起风帆通过太湖大桥。
只可惜我只是个游客不能久居,
只能在此暂时远离世间的喧嚣。

【文学常识】

田园诗:指以描写乡村风光、农田劳动生活为主要内容的诗歌,以东晋诗人陶渊明为代表人物,其诗质朴自然而又韵味隽永,对唐以后的诗歌创作产生了深远影响。

游太湖西山岛(二)

浮岛姑苏外,太湖烟水中。
船行云底浪,柳舞岸堤风。
修竹缘山道,晴霞落远空。
登高薄暮望,天际识归鸿。

【说明】
　　本篇作于二〇二一年五月二十二日。平水韵上平声一东,最先得出的句子为"浮岛姑苏外,太湖烟水中"。

【注释】
姑苏:苏州。
修竹:修长的竹子。
缘:沿着。
薄暮:傍晚。

【译文】

　　　　西山岛漂浮在苏州城外，
　　　　就在这太湖的烟水之中。
　　　　渔船在蓝天白云下航行，
　　　　岸堤上的柳树随风起舞。
　　修长的竹子沿着山间小路生长，
　　明亮的晚霞悬挂在远处的天空。
　　　　临晚时分登高望远，
　　　　在天边看到归来的鸿雁。

【文学常识】

　　山水诗：是指以山水风景为主要描写对象的诗歌。曹操的《观沧海》算是中国诗歌史上第一首完整的山水诗，但真正大力创作山水诗并对后世产生巨大影响的是南朝宋时的谢灵运，他开创了山水诗派。

离思(四)

思忆欲成痴,难期倩影时。
相逢应恨晚,无计可求之。

【说明】
本篇作于二〇二一年五月二十四日。平水韵上平声四支,最先得出的句子为"相逢应恨晚,无计可求之"。

【注释】
思忆:想念。
期:期待。
无计:没有办法。

【译文】

　　　　因为想念变得痴狂,
　　但也无法再有相见的时候。
　　对你的感觉总是相逢恨晚,
　　　无法追求让我感到遗憾。

【文学常识】

新体诗:齐梁陈三代是新体诗形成和发展的时期,所谓"新体诗"是相对古体诗而言的,主要特征是讲究声律和对偶,因为这种新体诗最初形成于南朝齐永明年间,故又称"永明体"。这种诗体的产生标志着中国古典诗歌的一大进步,为后来律诗的成熟及唐诗的繁荣奠定了基础。

野望

何由倦客思,野望暮村时。
白鹭栖牛背,黄鹂落柳枝。
农人荷锄返,闺妇唤郎驰。
难辨此中意,低吟饮酒诗。

【说明】

本篇作于二〇二一年五月二十八日。平水韵上平声四支,最先得出的句子为"白鹭栖牛背,黄鹂落柳枝"。本篇为赏析王绩《野望》后所作。

【注释】

荷:背,扛。
闺妇:妇女。
驰:快跑。
饮酒:陶渊明诗作《饮酒》。

【译文】

怎样能够勾起倦客的沉思呢?
应该是在乡村临晚野望的时候。
白鹭栖息在牛背上,
黄鹂停留在柳枝上。
农夫们背着锄头正在回家,
他们家中的妇人,
呼唤着他们加快步伐。
这里充满了人间真意,
却无法言明,
只能吟诵陶渊明的《饮酒》与之呼应。

秋夜宿黄龙岘

老树落寒鸦,蝉惊柳叶斜。
风清秋露冷,夜静月光华。
信步延湖畔,闲情看桂花。
孤村何处宿,岘里有人家。

【说明】

原诗作于二〇二〇年九月九日,本篇于二〇二一年五月三十日依格律修改。平水韵下平声六麻,最先得出的句子为"风清秋露冷,夜静月光华"。本篇为游玩黄龙岘时所作。

【注释】

黄龙岘:位于南京市江宁区江宁街道牌坊社区,素有"金陵茶文化休闲旅游第一村"的美誉。

寒鸦:一种体型略小的黑色及灰色乌鸦。

人家:亦指黄龙岘的"岘里人家"民宿。

【译文】

老树上栖息着寒鸦,
知了在摇动的柳枝上惊叫。
晚风凉爽秋露寒冷,
夜晚安静月光明亮。
沿着湖畔漫步,
借着闲情看看桂花。
这个村子哪里可以住宿呢?
原来黄龙岘里就有人家。

【文学常识】

宫体诗:指南朝梁代在宫廷中形成的一种诗风,其内容主要是以宫廷生活为描写对象。其具体的题材无外乎咏物与描写女性,注重辞藻、对偶和声律,继承了"永明体"的艺术探索而更趋格律化。

左迁湖熟

羁旅三年未觉愁,笑看迁谪作云游。
无心宦海随途骥,只爱乡间傍野鸥。
马下鞠躬皆苦命,花前把酒属风流。
浮生若可多闲日,定使萍踪遍九州。

【说明】
　　原诗作于二〇二〇年八月八日,本篇于二〇二一年五月三十日依格律修改。平水韵下平声十一尤,最先得出的句子原为"只在乡间傍野鸥"。本篇为调至湖熟钱家渡工作三年多后所作。

【注释】
　　湖熟:即湖熟街道,隶属于南京市江宁区。
　　萍踪:形容行踪不定。
　　九州:中国,泛指天下。

【译文】

在湖熟羁旅三年也未觉愁苦,

只把被贬到此看作一场云游。

我根本无心在职场上与他人追逐,

只喜欢在这乡间与野鸥相伴。

那些为了仕途卑躬屈膝的人都是苦命的,

能够花前饮酒的才是风流人物。

浮生里如果能够多一些闲暇的日子,

我一定让自己的行踪走遍天下。

【文学常识】

徐庾体:指徐、庾父子置身东宫时所作的风格绮艳流丽的诗歌,徐指徐摛、徐陵父子,庾指庾肩吾、庾信父子,他们都是"宫体诗"的代表作家。

离思（五）

相见言欢别后空,愁瞳怅望忆飞鸿。
重逢只怕红颜老,不识身前白发翁。

【说明】

本篇作于二〇二一年五月三十日。平水韵上平声一东,最先得出的句子为"重逢只怕红颜老"。

【注释】

愁瞳：指忧愁的眼神。
怅望：惆怅地望着。

【译文】

相见时把酒言欢,
离别后却成了一场空。
忧愁地望着天空,
想起远去的鸿雁。
最怕重逢时,
当年美丽的姑娘已经老去,
她也将不认识我这白发老翁了。

【文学常识】

诗体赋:是南朝齐梁时期文章新变的成果,是对赋的抒情化或诗化的进一步尝试。庾信把诗体赋运用得极为娴熟,是对诗赋界域的一种消除,即将诗歌的韵律和形象与赋的铺排描述功能相结合,形成了一种新的文学表达方式。

离思(六)

独倚西窗月满楼,谁言造物欲何求。
终须远别诗为赠,墨未浓研泪已流。
似水光阴不曾返,如潮爱恨总难休。
初时应叹相逢晚,更叹今生非自由。

【说明】
　　本篇作于二〇二一年五月三十一日。平水韵下平声十一尤,最先得出的句子为"谁言造物欲何求"。

【注释】
　　造物:指创造万物,也指创造万物的神力。
　　研:研磨。

【译文】

独自倚在窗前月光照满小楼,
心里想着造物者是想怎样呢。
终将与你远别只能以诗为赠,
却有李商隐"书被催成墨未浓"的感觉。
似水的光阴一去不复返,
如潮的爱恨总难停止。
起初与你相逢会感叹恨晚,
其实更加感叹我非自由之身。

【文学常识】

贞观诗风:在南北朝文学由对立走向融合的历史进程中,初唐贞观时期是一个重要的发展阶段。李世民及其身边的北方文人和南朝文士,他们对南北文学的不同有着清醒的认识,并提出"各去所短,合其两长"的文学主张。

离思(七)

惊鸿一瞥本倾城,夜梦思量到五更。
秀发明眸秋月貌,红唇皓齿百灵声。
纤腰素臂莲枝态,玉骨冰肌豆蔻庚。
难以俗言描倩影,相逢不悔误终生。

【说明】

本篇作于二〇二一年六月三日。平水韵下平声八庚,最先得出的句子为"难以俗言描倩影,相逢不悔误终生"。

【注释】

惊鸿一瞥:匆匆看了一眼,却留下极深的印象,借指美女。

玉骨冰肌:形容女子肌肤莹洁光滑,出自《庄子·逍遥游》,后蜀国君孟昶亦借此形容花蕊夫人。

【译文】

你有着惊鸿一瞥倾国倾城的容貌,
让我经常在夜梦里思念直到天亮。
秀发飘飘眼睛明亮,
那是秋月般的容貌,
唇红齿白更有百灵鸟般的声音。
纤腰素臂正如莲枝般的体态,
肌骨如同冰玉一般,
好像仍处于豆蔻年华。
这些俗气的语言无法形容你的美丽,
与你相逢即使一生思念也绝不后悔。

初夏晚歌

初夏迎凉气,情迷晚景中。
夕阳垂远际,暮色满长空。
陌上飞白鹭,岸边浮柳风。
新蝉鸣树隙,轻蝶戏花丛。
荷叶一池碧,莲苞几点红。
流波含月影,浅草坐渔翁。
驱犊惊归燕,挥鞭返牧童。
欣然人欲醉,徙倚意难终。

【说明】

本篇作于二〇二一年六月八日。平水韵上平声一东,最先得出的句子为"荷叶一池碧,莲苞几点红"。本篇为初夏所见所感而作。

【注释】

徙倚:徘徊。

【译文】

初夏迎来了清凉的气息,
这时最容易为晚景所着迷。
夕阳悬挂在远处的天边,
日暮的霞光布满了整个天空。
田间小路上,白鹭在嬉戏,
水边的杨柳也随风摇动。
刚去壳的知了在树间鸣叫,
轻盈的蝴蝶在花丛里飞舞。
荷叶铺满了整个池塘,
荷花尚未全开,
只有几个红色的花苞。
天晚了,流波中荡漾着月光,
但仍有渔翁坐在草上垂钓。
牧童挥舞着鞭子,
驱赶着牛犊回家,
也惊起了回巢的燕子。
看到如此美丽的场景,
如痴如醉,
在这里徘徊不愿回家,
心中的欣喜无法终止。

小重山

玉面无瑕透粉妆,佳人微浅笑,气凝香。千姿百媚艳厅堂。前生定,嫁得有情郎。

十载为情伤,昔时青涩面,已微黄。三杯浊酒断柔肠。离别后,从此两茫茫。

【说明】

原词作于二〇一二年六月二十日,本篇于二〇二一年六月九日依格律修改。词林正韵第二部,平声三江七阳通用,最先得出的句子为"三杯浊酒断柔肠"。本篇为得知故人将成家后有感而作。

【注释】

微浅:轻微。

【译文】

在新婚的殿堂上,
你的脸庞白里透红,
格外无瑕,千姿百媚。
你浅浅一笑是多么动人,
空气里甚至都散发出香气。
前生注定你将嫁给心仪的人。
多年来我都为你而饱受情伤,
以前青涩的脸庞,
现在也逐渐泛黄失色。
喝完你的喜酒后,
怕是肝肠寸断。
当我离开后,
我们将杳无音信。

鹧鸪天·离思(八)

本是天涯各一方,春风偶遇却牵肠。欢言对饮到深夜,沉醉归来倚薄窗。

离别后,两茫茫。几回梦醒泪千行。相思不悔曾相识,只道多情甚往常。

【说明】
本篇作于二〇二一年六月十三日。词林正韵第二部,平声三江七阳通用,最先得出的句子为"本是天涯各一方"。

【注释】
甚:胜过。

【译文】

你我本居住在天南地北各一方,
在春风吹起的时候我们偶然相识,
让我牵肠挂肚。
曾经与你把酒言欢直到深夜,
回去后我一个人倚靠在窗前。
我们始终都要分别,
之后就再难相遇。
好几回在梦里遇见你,
醒后却是更加失落。
不过即使饱受相思之苦,
我也没有后悔认识你,
只能怪这次我的多情胜过了往常。

悼抗日阵亡将士

好花认取血痕斑,抗战归途几将还。
莫道难寻埋骨地,中华无处不青山。

【说明】

本篇作于二〇二一年六月十三日。平水韵上平声十五删,最先得出的句子为"好花认取血痕斑"。本篇为悼念抗日阵亡将士而作。

【注释】

好花:引用汪精卫《被逮口占》中的诗句"他时好花发,认取血痕斑",汪精卫作此诗时尚为爱国、勇敢的人。

【译文】

今日的花开得如此美好,
但花的红色就好似鲜血的痕迹。
由此想到当年抗日战争,
我们牺牲了无数将士。
很多人感叹牺牲的将士尸骨无存,
其实中国大地到处都是他们的忠魂。

【文学常识】

初唐四杰:指王勃、杨炯、卢照邻、骆宾王四位初唐诗人。他们官小而才大、名高而位卑,郁积着不甘人下的雄杰之气。他们积极开拓诗歌的思想题材领域,使声律风骨兼备的唐诗开始形成。

入瓯(一)

隐隐凉风夜入瓯,繁华灯火唤人游。
闲心漫步南塘道,隔水遥看白鹿洲。
酒气微熏莲透粉,云烟半掩月含羞。
春归莫叹花凋尽,别有情牵客欲留。

【说明】

本篇作于二〇二一年六月二十三日。平水韵下平声十一尤,最先得出的句子为"繁华灯火唤人游"。本篇为出差温州时所作,其中南塘夜景让人如痴如醉,另作同名一篇。

【注释】

瓯:浙江温州。

南塘道:即温州南塘街。

白鹿洲:即白鹿洲公园,位于南塘河畔。

【译文】

　　　　清凉的风缓缓来到温州的夜里,
　　　　这里繁华的夜景呼唤人们游玩。
　　　　闲下心情漫步在南塘街上,
隔着河水能看到美丽的白鹿洲公园。
　　　　南塘街上有很多酒馆,
　　　　此处自古又以荷花成名,
　　　　如今看来荷花的粉色,
　　　　似乎是被酒气熏出来的。
天空中的云彩时不时遮住月亮,
　　　　使得月亮显得格外羞涩。
　　　　春天已经过去,
　　　　但不需要为百花落尽而感叹,
　　　　这里别有一番风情,
　　　　足以让游客想要留居于此。

入瓯（二）

恰遇南塘菡萏柔，花前把酒夜行舟。
一时自恃风流客，只缺红颜作伴游。

【说明】

本篇作于二〇二一年六月二十四日。平水韵下平声十一尤，最先得出的句子为"只缺红颜作伴游"。

【注释】

菡萏：即荷花，古人习惯称尚未全开的荷花为菡萏，全开的为芙蓉。

自恃：自以为是。

【译文】

此次来到温州,
正好赶上南塘荷花开得娇柔。
在这里可以花前把酒,
也可以乘舟夜游。
一时间想效仿风流墨客,
只可惜没有红颜知己一同游赏。

【文学常识】

沈宋体:即律诗的别称。初唐诗人在诗律方面有很大进展,他们主要在永明体的基础上做了两个工作,一是把四声二元化,二是解决了黏式律的问题,创造了既有程式约束又留有创造空间的诗体,即律诗。其中贡献最大的就是沈佺期和宋之问,因他们确立了律诗的形式,故称律诗为"沈宋体"。

南塘街留别

南塘怜夜景,游客醉如痴。
明日将离去,重逢未有期。

【说明】

本篇作于二〇二一年六月二十四日。平水韵上平声四支,最先得出的句子为"明日将离去,重逢未有期"。本篇为即将离开温州时所作。

【注释】

怜:怜爱。

【译文】

在南塘最爱的就是夜景,

真的让人如痴如醉。

可惜我明天就要离开,

更不知道有没有机会再次游玩。

【文学常识】

吴中四士:指张若虚、贺知章、张旭、包融。在初唐、盛唐之交,此四人齐名,他们又都是江浙一带人,这一带在古代也叫吴中,故称其为"吴中四士"。四人性格狂放,所作诗歌多具浪漫主义色彩,透露出一些新的气息、新的情趣,体现了唐诗从初唐到盛唐过渡的特色。

离瓯后作

温州忆何处,最忆是南塘。
漫步缘幽径,行舟过画廊。
岸边多酒栈,空里满醇香。
桥下泛灯彩,波心漾月光。
白荷含粉色,倩女抹红妆。
醉美繁华夜,古来牵客肠。

【说明】

本篇作于二〇二一年六月二十五日。平水韵下平声七阳,最先得出的句子为"温州忆何处,最忆是南塘"。本篇为赏析杨蟠《去郡后作》后所作。

【注释】

酒栈:指酒馆。

【译文】

回忆温州,

最让人印象深刻的就是南塘。

这里可以漫步在清幽的南塘街上,

乘舟夜游就像穿过美丽的画廊。

岸边有很多酒馆,

空气中都能闻到酒的香气。

石桥下荡漾着彩色的灯光,

与湖心中的月影互相映衬。

水中的莲花白里透粉,

就像美丽的姑娘抹了淡淡的红妆。

如此美丽的繁华夜景,

自古以来总能让游客牵肠挂肚。

离思(九)

几度相思欲释怀,又逢倩影梦中来。
前生欠尽风流债,今世无穷离别哀。
秋去鸿飞绝云际,春归花落点青苔。
本应笑看寻常事,却锁愁眉久不开。

【说明】

　　本篇作于二〇二一年七月三日。平水韵上平声十灰,最先得出的句子为"前生欠尽风流债,今世无穷离别哀"。

【注释】

　　释怀:放下牵绊。
　　云际:指云的高处、远处。

【译文】

  好几次感觉这相思之苦就要释怀了,
   但总在似乎要释怀的时候梦见你。
  也许是我前生欠下了太多的情债,
   所以今世才会饱受离别的哀伤。
  正如秋季过后鸿雁就会远去,
   春天结束百花将会落尽。
  其实这些都是再平常不过的事情,
   但相思这些寻常事也能使我愁眉紧锁。

【文学常识】

  大历诗风:指大历至贞元年间活跃于诗坛上的一批诗人的共同创作风貌。他们的诗,不再有李白的自信和气势,也没有杜甫那种现实和激愤,多数作品表现出孤独寂寞的心境、追求清雅高逸的情调,透露出中唐的面貌。

回乡偶书(一)

六朝烟雨六朝风,怅望六朝思旧容。
再返东郊身似客,楼高不见故园踪。

【说明】
本篇作于二〇二一年七月六日。平水韵上平声二冬,最先得出的句子为"六朝烟雨六朝风"。本篇为感慨家乡江宁区麒麟街道因征迁变化而作,原本的小镇现已充满城市气息,曾经的家园已经不复存在,剩下的只有回忆。

【注释】
六朝:指六朝古都南京。
东郊:指南京的东郊麒麟街道。
故园:即江宁区麒麟街道。

【译文】

六朝古都南京,
经历了多少风风雨雨,
我惆怅地望着南京,
开始思念它曾经的样子。
正如我这次回到家乡麒麟,
这里经历了大拆大建,
变得认不出来了,
我感觉自己已经不属于这里。
现在的家乡被高楼大厦挤满,
而我认识的家乡已无踪迹。

出梅

黄梅连雨后,夏日偶清凉。
鸟语庭院静,风来栀子香。
夜空浮皎月,池水映怜光。
好景相留醉,何愁暑季长。

【说明】
本篇作于二〇二一年七月八日。平水韵下平声七阳,最先得出的句子为"夏日偶清凉"。本篇是出梅后遇到清凉的天气而作。

【注释】
出梅:过了黄梅季,南京的黄梅季一般在阳历6月中旬到7月中旬。
栀子:栀子花。

【译文】

连续阴雨的黄梅季即将过去,
今日雨后天气偶然变得清凉。
群鸟在庭院中鸣叫显得十分幽静,
一阵风带来淡淡的栀子花香。
夜空中悬浮着皎洁的月亮,
月光映在水池里更加美丽。
如此美好的夜景真让人如痴如醉,
似乎都不再因为漫长的炎夏而烦恼。

【文学常识】

大历十才子:指李端、卢纶、吉中孚、韩翃、钱起、司空曙、苗发、崔峒、耿湋、夏侯审。他们的生平大多数不详,他们因大历初年在长安参加重要的唱和活动而受瞩目,其中钱起被公认为十才子之冠。

离思(十)

流波月影可怜秋,与子南塘夜泛舟。
忽见窗前五更色,奈何又是梦中游。

【说明】
　　本篇作于二〇二一年七月十七日。平水韵下平声十一尤,最先得出的句子为"与子南塘夜泛舟"。

【注释】
可怜:可爱,惹人喜欢。
南塘:温州南塘。

【译文】

水面的流波倒映着月亮的光影,
这是一个美丽的秋天夜晚,
就在此时我与你泛舟于南塘,
自是满心欢喜。
但忽然看到窗前已是五更天色,
原来这又是一场梦。

【文学常识】

七绝圣手:指盛唐时期以七绝著名的诗人王昌龄。他的诗歌内容多写边塞生活,其《出塞》诗被推为唐人七绝的压卷之作。王昌龄因在七绝上成就极高,故被后人誉为"七绝圣手"。

雨过乡村

鱼跃白荷前,鹭飞阡陌边。
疾风驰野际,骤雨灌良田。
摇橹秦淮水,泊船杨柳烟。
乡村美如画,自诩画中仙。

【说明】
　　原诗作于二〇二〇年六月十三日,本篇于二〇二一年七月二十六日依格律修改。平水韵下平声一先,最先得出的句子原为"行船秦淮水,泊岸杨柳烟"。本篇为在湖熟钱家渡工作期间所作。

【注释】
　　疾风:猛烈的风。
　　自诩:自夸,与自许相比,带有贬义色彩,有自嘲之意。

【译文】

　　　　看着天色感觉将有一场大雨。
　　此时鱼在荷花前时而跃出水面，
　　　　田间小路边的白鹭，
　　　　像是受了惊吓急忙飞起。
　　　　猛烈的风在田野上飞驰，
　　骤雨忽来很快就灌满了良田。
　　　　雨停之后空气清新，
　　　　摇橹行船在秦淮河上，
　　　　又停靠在烟笼杨柳的岸边。
　　望着如画般的乡村忍不住喜悦，
　　　感觉自己就是那画中的仙人。

雨晴

伏暑偏逢阴雨连,愁因劣候夜无眠。
晴云驱遣沉霾去,又是人间灿烂天。

【说明】
　　本篇作于二〇二一年七月二十九日。平水韵下平声一先,最先得出的句子为"又是人间灿烂天"。本篇为新冠疫情在南京爆发后所作,恰遇连月阴雨后的晴天,期待疫情像坏天气一样过去。

【注释】
　　伏暑:炎热的夏天。
　　劣候:恶劣的气候,暗指时下南京的新冠疫情。
　　沉霾:阴霾,亦暗指新冠疫情。

【译文】

炎热的夏天本应阳光高照,
却偏偏出现连续的阴雨,
心中的忧愁因恶劣天气而生,
夜晚更是难以入眠。
现在雨过天晴,
晴朗明亮的云彩,
已经把阴霾驱逐而去,
阳光灿烂的天空,
终于又来到了人间。

【文学常识】

五言长城:指盛唐时期著名诗人刘长卿。他一生不得志,所作诗歌多写政治失意之感,也有反映离乱之作。他的五言诗写得极好,善于描绘自然景物,以画入诗,简括鲜明,所以自称"五言长城"。其《逢雪宿芙蓉山主人》意境极为深远,为后世称道。

离思(十一)

千古长空孤玉轮,华光曾照断肠人。
相思每望知何似,总把芳卿作月神。

【说明】
　　本篇作于二〇二一年八月三日。平水韵上平声十一真,最先得出的句子为"总把芳卿作月神"。

【注释】
　玉轮:月亮。
　华光:美丽的光彩。
　芳卿:古代对女子的昵称。
　月神:月亮女神,中外神话中的美女。

【译文】

从古至今,
长空中只出现过一个月亮,
而她美丽的光彩,
不知道曾经照过,
多少伤心断肠的人。
每当心怀相思之情时望着月亮,
迷茫之际不知道月亮像什么,
但总是会把你当成美丽的月神,
见到月亮就像见到你一样。

【文学常识】

郊寒岛瘦:是对中唐诗人孟郊和贾岛的称谓。孟郊一生困顿,贫寒凄苦,其诗也常道穷愁凄凉,贾岛的诗注重字句的雕琢、推敲,因二人诗歌都清峭瘦硬,好作苦语,故有此称。

秋思（二）

鸿雁南飞似往常，寒鸦归返满山冈。
西风到处花凋尽，秋水来时夜转凉。
曾叹年光缕生恨，犹怜草木几经霜。
深更倚阁望明月，却道月如人面黄。

【说明】

本篇作于二〇二一年八月十四日。平水韵下平声七阳，最先得出的句子为"秋水来时夜转凉"。本篇取名秋思，思的可以是人、物、光阴等等，自古诗人的心境都是复杂的，复杂到自己都未必理解。

【注释】

到处：所到之处。
年光：时光。
犹怜：尚且怜爱。
深更：深夜。

【译文】

　　　　鸿雁像往年一样向南飞去,
　　　　寒鸦归返布满山冈。
　　　西风所到之处花已落尽,
　　　秋雨到来的时候夜开始变凉。
　　曾经为时光中屡次遗憾而叹息,
　所以对饱经风霜的草木也产生怜爱之心。
　　　深夜里倚楼望月默默愁思,
　　明月也如憔悴的人脸一样暗生微黄。

望月

夜望星河月半弯,天人千载苦摇船。
古来墨客迷皎色,阅尽遗篇思渺然。

【说明】

本篇作于二〇二一年八月二十五日。平水韵下平声一先,最先得出的句子为"夜望星河月半弯"。本篇主要是想表达物是人非的复杂心情。古人不识今时月,今月曾经照古人,历朝历代,共望一月,由此而生的心情却有千百种。

【注释】

星河:银河,宇宙。

天人:天上的人,仙人。

墨客:文人,诗人。

皎色:明亮洁白的月色。

遗篇:前人留下的诗篇或文章。

渺然:悠远的样子,思渺然意为思绪怅惘。

【译文】
夜里遥望星河,
一轮半弯的月亮。
月亮就像一只小船,
也许是天上的仙人,
千百年来一直在摇桨。
自古至今多少文人墨客为月色着迷,
如今读遍了他们的诗文,
也由此而思绪怅惘。

雨后茶山

茶山满坡绿,雨后叶流光。
何必砂壶饮,微风自带香。

【说明】
原诗作于二〇一六年十月二十一日,本篇于二〇二一年八月二十七日依格律修改。平水韵下平声七阳,最先得出的句子为"雨后叶流光"。本篇为看到茶山的雨后景象而作。

【注释】
满坡:满山坡。
流光:流动着光彩。
砂壶:泡茶用的壶。

【译文】

种满茶树的山坡上,

是一片绿油油的景象。

大雨过后,

枝叶上的雨水,

流动着骄阳的光彩。

想要品茶又何必非要冲泡饮用,

此处一阵微风,

都带着茶叶的香气。

【文学常识】

元白诗派:中唐时候以元稹、白居易为代表的诗派,他们注重写实,尚通俗,以讽喻时事的乐府诗著称,是对杜甫写时事的创作道路的进一步发展。他们除了在诗歌语言通俗方面做出巨大贡献外,还通过诗歌咏唱促进了格律技巧的纯熟。

自嘲

自嘲今世庸,非富亦非穷。
不羡帝都景,偏怜原野风。
人生多起落,花木有枯红。
唯愿无拘碍,云游白发翁。

【说明】
原诗作于二〇二〇年六月二十六日,本篇于二〇二一年八月三十日依格律修改。平水韵上平声一东,最先得出的句子为"云游白发翁"。本篇是因自己没有过多的工作追求感叹而作。

【注释】
帝都:京城,指奢华生活的地方。
偏怜:偏偏怜爱。
原野:旷野,指没有世俗束缚的野外。
起落:指人生的得意和失意。

枯红：指花木的枯萎和红艳。

拘碍：拘束和障碍。

【译文】

　　嘲笑自己这辈子只能平庸而过了，
　　因为自己不会富贵也不会贫穷。
　　不羡慕充满奢华的大都市，
　　偏偏喜欢野外的自然风光。
　　人生充满了得意和失意，
　　就像花草会有红艳和枯萎的时候。
　　只盼望生活可以无拘无束，
　　云游四海直到成为白发老翁。

离思(十二)

离别心声何所似,秋风鸿雁远空鸣。
由来鸿雁多离恨,自古秋风满别情。
已是阑干人独倚,那堪冷夜月孤明。
绝非我意不相送,只怕君前泪水盈。

【说明】

本篇作于二〇二一年九月一日。平水韵下平声八庚,最先得出的句子为"自古秋风满别情"。不愿相送,只因不愿道别,不愿道别,只因难断相思。

【注释】

心声:发自内心的话声。
远空:遥远的天空。
由来:自始以来。
阑干:栏杆,古人文中的阑干是忆旧伤别的意象。
那堪:那同"哪",哪能承受。

盈:满,盈眶。

【译文】

　　　　离别时内心的话声像什么呢?
　　　　应该像是秋风里,
　　　鸿雁远去时在天空的鸣叫声。
　　　自古鸿雁总让人多生离恨,
　　　瑟瑟的秋风也充满离别之情。
　　　　此刻我正独倚栏杆,
　　　哪能承受冷夜里寒月孤明的忧伤。
　　　绝非我有意不去与你道别,
　　　只是怕在你面前热泪盈眶。

知秋

登楼人独倚,望处起秋凉。
帘外西风劲,窗前落叶黄。
远空云似雪,深院月如霜。
莫道无悲意,闲愁九辩长。

【说明】

本篇作于二〇二一年九月十四日。平水韵下平声七阳,最先得出的句子为"深院月如霜"。闲愁未必无因,其或许只有为闲愁困扰之人才能体会。

【注释】

望处:所望之处。

闲愁:无端无谓的忧愁。

九辩:战国时楚国诗人宋玉所作长篇抒情诗《九辩》。宋玉作《九辩》以来,文人便有悲秋一说,后世认为文人悲秋始于宋玉,称宋玉为悲秋之祖。

【译文】

独自登上小楼,

所望之处都起了秋天的凉意。

窗外的西风强劲,

吹散黄叶落满在窗前。

远处的天空云层像雪一般,

深院里的月光也如秋霜一样清冷。

不要说一个人看似无悲却叹闲愁,

这无端无谓的忧愁,

或许比《九辩》之文更长。

破阵子·中秋感怀

独立深更人静,那堪冷夜风微。徙倚庭中黄叶落,遥望云头倦鸟飞。眼前皆是非。

举酒几孤圆月,伤心屡负光辉。浩荡离愁无计解,狼藉家乡何处归。黯然生苦悲。

【说明】

本篇作于二〇二一年九月二十二日。词林正韵第三部,平声四支五微八齐十灰(半)通用,最先得出的句子为"狼藉家乡何处归"。一场拆迁,让家乡一片狼藉,原本和谐的大家庭变得矛盾重重,每年中秋都要欢聚,今年却彼此无音。

【注释】

那堪:那同"哪",哪能承受。

徙倚:徘徊。

几孤:孤同"辜",几次辜负。

屡负：屡次辜负，与几孤同意。

浩荡：形容广阔或壮大。

无计：没有办法。

黯然：指情绪低落、心情沮丧的样子。

【译文】

　　　　独自站立在夜深人静时，
　　　哪能承受冷夜里的一丝微风。
　　　徘徊在庭院中看到黄叶飘落，
　　　遥望云端只见倦鸟孤飞。
　　　眼前都是不称心的景象。
　　　举着酒杯，因为伤心，
　　几次感觉辜负了这美好的圆月光辉。
　　　不尽的离愁无法消除，
　此时的家乡已是一片狼藉，我无处可归。
　　　中秋佳节，心中黯然苦悲。

夜宿水乡

暇日俗世外,闲情村野前。
夕阳垂远际,暮色映长天。
揽月行船渡,观星枕水眠。
逍遥何自在,夜梦每流连。

【说明】

本篇作于二〇二一年九月二十八日。平水韵下平声一先,最先得出的句子为"观星枕水眠"。本篇描述的是夜宿钱家渡的所见所感。

【注释】

水乡:指钱家渡,位于南京市江宁区湖熟街道,有"金陵水乡"之称。

暇日:闲暇的时日。

村野:乡村田野,指乡村。

垂:垂落。

揽月：摘月，在此意为以月为伴。

枕水：靠近水边，钱家渡内有一处民宿叫"枕水居"。

每：经常，常常。

流连：留恋。

【译文】

    闲暇的时日来到俗世之外的乡村，

      在田野前闲情游玩。

    夕阳在远处的天际落下，

      暮色映满在长空之上。

      以月为伴行船游玩，

    观望着星空临水而眠。

      这是多么的逍遥自在，

     之后常常在夜梦里，

对夜宿水乡的所见所感留恋不已。

如梦令·离思(十三)

每遇良辰美景,
总恨鸿飞无影。
又见别伊时,
不舍几回梦醒。
平静,平静,
犹是动心难定。

【说明】
　　本篇作于二〇二一年十月三日。词林正韵第十一部,仄声上声二十三梗二十四迥、去声二十四敬二十五径通用,最先得出的句子为"每遇良辰美景,总恨鸿飞无影"。

【注释】
　　恨:遗憾。
　　见:通"现",出现。

伊：表示第二人称，相当于"你"。
犹：还。

【译文】
　　　　每当遇到良辰美景的时候，
　　　　总是因为你像鸿雁般远去，
　　　　　现已无影无踪而遗憾。
　　　　梦里又出现了与你离别时的场景，
　　　　这样的梦已经出现了好几回，
　　　　　每次都不舍得醒来。
　　　　告诉自己要平静，要平静，
　　　　　但已经跳动的心，
　　　　　　实在难以平定。

离思(十四)

春风偶遇秋风别,此别不知多少年。
犹记相逢花正盛,惊鸿照影碧波前。

【说明】
　　本篇作于二〇二一年十月五日。平水韵下平声一先,最先得出的句子为"春风偶遇秋风别,此别不知多少年"。

【注释】
　　犹:还。
　　盛:盛开。
　　惊鸿:惊飞的鸿雁,形容美人体态轻盈。
　　碧波:指清澄绿色的水波。

【译文】

　　在春风吹起的时候我与你偶遇,
　　而秋风吹起的时候我与你离别,
　　这一别不知道要多少年才能相见。
　　但无论多少年,
　　我还是会记得我们相逢时,
　　正值百花盛开,
　　你无比美丽如惊鸿照影一般,
　　让我此生难忘。

【文学常识】

　　元和体:也称长庆体,是指唐代诗人元稹、白居易在元和年间所形成的诗风,后来模仿元白风格所作的作品也称元和体。因白居易编有《白氏长庆集》,元稹编有《元氏长庆集》,后人把这种诗风也称作"长庆体"。

咏桂

生无花艳容,形隐叶丛中。
每到秋凉夜,幽香暗入风。

【说明】

本篇作于二〇二一年十月七日。平水韵上平声一东,最先得出的句子为"生无花艳容"。桂花虽无娇艳的外表,却有着淡雅的幽香,低调而不失内涵。

【注释】

生无:生来没有。
艳容:娇艳的面容。
形:身形。
叶丛:聚集在一起的叶子。
暗:默默地。

【译文】

　　生来不像其他花朵，
　　拥有娇艳面容，
　　总把自己隐藏在，
　　茂密的枝叶中。
　　每到凉爽的秋夜来临，
　　那淡雅的幽香，
　　默默地散入风中。

【文学常识】

　　新乐府运动：是由唐代诗人白居易、元稹等所倡导的一场诗歌革命运动。"新乐府"一名，是白居易相对汉乐府而提出的，其含义就是以自创的新的乐府题目咏写时事。这类诗歌的特点是自创新题、咏写时事，体现汉乐府的现实主义精神。

慢城山居

曲径晚风轻,深山布谷鸣。
秋游别愁绪,夜宿有闲情。
易作慢城客,难为俗世英。
谁能破名利,乡野度余生。

【说明】

本篇作于二〇二一年十月二十三日。平水韵下平声八庚,最先得出的句子为"深山布谷鸣"。游玩高淳慢城夜宿山中所作,慢城意为慢节奏的生活,远离世俗纷扰。

【注释】

慢城:南京高淳国际慢城旅游度假区,位于南京市高淳区桠溪街道西北部。2010年,高淳国际慢城被国际慢城联盟组织授予"国际慢城"称号,成为中国首个国际慢城。

布谷：布谷鸟，也称杜鹃鸟，是杜鹃科鸟类中的一种，即大杜鹃。

英：英才。

乡野：指乡村野外。

【译文】
　　走在深山的曲径中，
　　晚风轻拂，布谷鸟歌唱。
　　秋天来此游玩，
　　将所有忧愁放下，
　　在此山中夜宿是多么悠闲。
　　远离世俗来慢城游玩是很容易的，
　　而想成为俗世里的英才却很难。
　　可能人们都知道这个道理，
　　但又有几人能够看破名利，
　　不再追求功名利禄，
　　在乡村野外安此一生呢？

登紫金山望紫霞湖

金陵十月小阳春,山有晴光花有芬。
望处长空腾紫气,湖心碧水漾云纹。

【说明】
本篇作于二〇二一年十一月六日。平水韵上平声十二文,最先得出的句子为"金陵十月小阳春"。本篇因立冬后的"小阳春"气候而作。

【注释】
紫金山:位于南京市玄武区境内,又称钟山、蒋山、神烈山,是江南四大名山之一。
紫霞湖:位于南京市玄武区紫金山南麓。
金陵:即南京。
小阳春:在我国南方一些地区,立冬至小雪节令(相当于农历十月)期间,常会有一段温暖如春的天气,以致桃李等植物误以为春天到来,二度开花。

晴光：晴朗的阳光。

芬：香气。

望处：所望之处。

紫气：紫色云气，古代以为祥瑞之气。

云纹：倒映着云朵的波纹，此外，云纹意为云形纹饰，古代中国吉祥图案，象征如意吉祥。

【译文】

南京的十月出现了小阳春气候，
此时山间有着晴朗的阳光，
一些花朵也二度开放，散发香气。
远望长空看到紫色的云气腾起，
紫气倒映在山下的湖水中，
与碧水波纹一起荡漾。

湖熟菊花展会诗友

稻谷丰收季,盛开秋菊时。
寻芳结同道,遣兴共题诗。
浴露花含笑,闻香客欲痴。
来年当此日,不忘赴佳期。

【说明】

本篇作于二〇二一年十一月七日。平水韵上平声四支,最先得出的句子为"浴露花含笑"。本篇为与诗友共赴湖熟菊花展时所题。

【注释】

湖熟:南京市江宁区湖熟街道,每年金秋会有一场菊花展。

遣兴:抒发情怀。

【译文】

正值稻谷丰收之际,

也是菊花盛开之时。

与诗友们一起来欣赏,

大家各自以诗抒发情怀。

菊花沐浴着秋露,

散发出的香气让人如痴如醉。

明年的此时,

大家别忘了共赴佳期。

【文学常识】

唐宋古文运动:指唐代中期及宋代时期以提倡古文、反对骈文为特点的文体改革运动。"古文"这一概念由韩愈最先提出,他把六朝以来讲求声律及辞藻、排偶的骈文视为俗下文字,"古文",是对骈文而言的。古文运动的领袖为"唐宋八大家",他们推崇先秦和汉朝的散文,认为自己的文章继承了先秦和两汉的传统。

江城子·离思(十五)

斜阳欲落暮天宽,月牙弯,野云残。枯叶零飞,尽付水潺潺。满目苍茫空望远,鸿雁去,几时还。

笑颜容易忘情难,夜凭栏,酒相欢。梦里重逢,梦醒五更寒。消受愁思肠寸断,伤离恨,泪阑干。

【说明】

本篇作于二〇二一年十二月十四日。词林正韵第七部,平声十三元(半)十四寒十五删一先通用,最先得出的句子为"梦里重逢,梦醒五更寒"。

【注释】

暮天:傍晚的天空。

尽付:完全丧失,同"尽付东流"。

潺潺:形容水流动的样子。

凭栏:倚靠栏杆。

消受:承受。

阑干：形容纵横错落的样子。

【译文】
　　　　斜阳欲落的时候，
　　　傍晚的天空显得格外宽阔，
　　　只有一勾月牙，几朵残云。
　　冬天枯叶飘零纷飞，都随流水而逝。
　　　　望着远处满目苍茫，
　　想那鸿雁远去，不知何时返还。
　　　　　露出微笑很容易，
　　　但想忘却离情却很难，
　　　夜里凭栏饮酒，以此取乐。
　　　　　在梦里与君重逢，
　　　梦醒后已是寒冷的五更天。
　　承受着离愁相思，肝肠寸断，
　　离别的遗憾让人伤感，泪水纵横。

咏雪

梨花烂漫掩长空,无限山河一色同。
飞雪本为天外物,随风误落俗尘中。

【说明】

本篇作于二〇二一年十二月二十三日。平水韵上平声一东,最先得出的句子为"飞雪本为天外物,随风误落俗尘中"。本篇是托物言志,以雪述怀之作。

【注释】

梨花:指雪花。

烂漫:诗中指雪势庞大。

掩:遮盖。

俗尘:指凡间。

【译文】

　　雪花纷纷，如梨花般茂盛，
　　万里山河顿时一片白色。
　　飞雪如此圣洁，
　　本来应是天外之物，
　　却随风误落到俗世之中。

【文学常识】

　　唐宋八大家：又称为"唐宋散文八大家"，是唐代和宋代八位散文家的合称，分别为唐代韩愈、柳宗元，宋代欧阳修、苏洵、苏轼、苏辙、王安石、曾巩八位，他们先后掀起古文运动浪潮。其中韩愈、柳宗元是唐代古文运动的领袖，欧阳修、三苏（苏轼、苏辙、苏洵）四人是宋代古文运动的核心人物，王安石、曾巩是临川文学的代表人物。

回乡偶书(二)

繁华声里又年关,狼藉家乡何处还。
纵使钱财盆钵满,难回村舍傍青山。

【说明】

本篇作于二〇二二年一月一日。平水韵上平声十五删,最先得出的句子为"繁华声里又年关,狼藉家乡何处还"。贺知章的"儿童相见不相识,笑问客从何处来"感叹物是人非,而一场征迁,毁了我的家乡麒麟街道锁石社区,毁了我的大家庭,家乡已是物非人非。

【注释】

繁华:繁荣热闹。
年关:指农历年底。
狼藉:指乱七八糟。
纵使:即使。

盆钵满:指钱财盆满钵满。

村舍:村屋。

【译文】
在一片繁华的声景里,
年关又快到来了。
我的家乡如今已是一片狼藉,
我又该回哪过节呢?
即使拆迁能赚得盆满钵满,
但再也换不回,
曾经依山傍水的家乡。

回乡偶书(三)

青山脚下水淙淙,人去孤村一望空。
何处巷中闻犬吠,不知呼唤那家翁。

【说明】
　　本篇作于二〇二二年一月二十三日。平水韵上平声一东,最先得出的句子为"人去孤村一望空"。家乡麒麟街道锁石社区已经人去楼空,一片狼藉。

【注释】
　　淙淙:形容流水声。
　　去:离开。
　　犬吠:狗叫声。
　　那:同"哪"。
　　家翁:一家之主,指狗的主人。

【译文】

我的家乡是个依山傍水的地方,
山坡下面的九乡河流水淙淙。
但因为一场征迁,
这个美丽的乡村已经无人居住,
一望四周空空荡荡。
村庄里有很多巷子,
突然从巷子里传来了狗叫声,
也不知道是哪家的狗,
似乎正在呼唤它的主人。

回乡偶书（四）

此处是家乡，今时非往常。
巷空人迹绝，草盛稻田荒。
废石孤村路，枯藤老院墙。
无言良久立，怅望泪沾裳。

【说明】

　　本篇作于二〇二二年二月五日。平水韵下平声七阳，最先得出的句子为"枯藤老院墙"。

【注释】

　　废石：指拆房散落的石头。
　　良久：很长时间。
　　怅望：惆怅地望着。

【译文】

这里是我的家乡,
但现在已经不是之前的模样。
到处空空荡荡,
已无人的踪迹,
稻田一片荒芜满是野草。
折房散落的石头布满在路上,
院子的围墙被枯藤缠绕。
惆怅地望着这一切,
无言以对泪落衣裳。

离思(十六)

去年桃李去年花,物是人非意不佳。
恰似飞鸿绝踪影,相思无尽苦无涯。

【说明】

本篇作于二〇二二年二月二十二日。平水韵上平声九佳,最先得出的句子为"去年桃李去年花"。

【注释】

物是人非:东西还是原来的东西,可是人已不是原来的人了,多用于表达时过境迁。

意:意绪,情绪。

飞鸿:飞行的鸿雁,暗含离别之意。

涯:水际,尽头。

【译文】

　　　　桃李花开如去年模样,
　　　　感叹物是人非而情绪不好。
　　　　去年的人如鸿雁远去,
　　　　留给我无尽的相思和愁苦。

【文学常识】

　　小李杜:指晚唐诗人李商隐和杜牧。二人并称,主要因为他们当时的诗名大致相当,其实二者诗歌风格并不一致。人们习惯称李白、杜甫为"李杜",称李商隐、杜牧为"小李杜"。

题梅花山

沐浴艳阳中,含羞白里红。
春山梅作雪,来去太匆匆。

【说明】

本篇作于二〇二二年二月二十六日。平水韵上平声一东,最先得出的句子为"春山梅作雪"。南京梅花山每年开春都会吸引大量游人前来赏花,漫山花海,美不胜收。

【注释】

梅花山:即南京梅花山,位于南京市玄武区紫金山南麓明孝陵景区内,有"天下第一梅山"之誉。

艳阳:艳丽明媚的阳光。

白里红:即白里透红。

作:像。

【译文】

梅花沐浴在明媚的阳光里,
白里透红如含羞的脸庞。
春天的山上梅花如雪般绽放,
但美好的景象也如雪一般,
来也匆匆,去也匆匆。

【文学常识】

苦吟诗人:主要指贾岛、姚合及其追随者。苦吟诗人大多将生活情趣转移到吟咏日常感受上,多方面审视自己的贫穷、窘困、闲散,从而创作出"清新奇僻"的诗。

水乡春雨

倾盆临晚作,游客逗田家。
风急燕剪雨,水湍鱼跃花。
陌头桑叶落,河岸柳条斜。
既已归无计,隔窗闲饮茶。

【说明】
　　本篇作于二〇二二年三月十八日。平水韵下平声六麻,最先得出的句子为"风急燕剪雨"。外出游玩,就不应被突如其来的坏天气所扰,闲下心后,将看到不一样的景色,产生不一样的心情。

【注释】
倾盆:指倾盆大雨。
临晚:傍晚。
作:发作,即雨落。
湍:湍急。

花：指水花。

陌头：路旁。

既已：既然已经。

计：办法。

【译文】

　　临晚时突来倾盆大雨，
　　游客们只能逗留在乡村。
　　大风里燕子剪雨而飞，
　　鱼跃出湍急的水流溅起水花。
　　路边的桑叶被风雨打落，
　　河岸上的柳条随风飘摇。
　　既然暂困于此无法回家，
　　那就隔窗赏景闲心饮茶。

离思(十七)

有限光阴无限春,花开不见去年人。
重逢岂是寻常事,总惹相思泪满身。

【说明】
　　本篇作于二〇二二年三月二十七日。平水韵上平声十一真,最先得出的句子为"花开不见去年人"。

【注释】
　　光阴:时间,岁月,在此指美好的时光、美好的回忆。
　　春:春光,春色。
　　寻常:平常,简单。
　　惹:引起。

【译文】

　　一年又一年的春光永不停歇，
　　而快乐的时光总是非常短暂。
　　繁华盛开如去年一样，
　　却见不到去年此刻相识的人。
　　相隔天涯重逢岂是简单的事情，
　　总是因此引起无尽的相思。

【文学常识】

《花间集》：是中国文学史上最早的文人词总集，五代后蜀赵崇祚编，收录了晚唐至五代词人温庭筠、皇甫松、韦庄等十八家词五百篇。这些词人把视野完全转向花柳风月，写女性的姿色、生活、内心，形成了缛采轻艳的词风。

春望

城郊原野望,万丈艳阳天。
杨柳飞新燕,春风动纸鸢。
池塘漾云影,蜂蝶戏花田。
久在尘嚣里,偷闲返自然。

【说明】

本篇作于二〇二二年四月三日。平水韵下平声一先,最先得出的句子为"春风动纸鸢"。春天的原野能让人静下心来,所见所感不再是世俗的喧嚣。

【注释】

原野:旷野,野外。

纸鸢:风筝。

尘嚣:指人世间的烦扰、喧嚣。

【译文】

　　　　站在城郊的原野举目遥望，
　　　　那是一片光芒万丈的晴天。
　　　　燕子在杨柳间飞来飞去，
　　　　春风浮动着天空中的风筝。
　　　　池塘里荡漾着云的影子，
　　　　花田里到处是嬉戏的蜂蝶。
　　　　长期处在世俗的喧嚣里，
　　　　终于可以偷闲返回大自然。

【文学常识】

　　宋初三体：指宋代初期的三种诗风，即白体、西昆体、晚唐体。

将进酒

既得花为伴,何辞作酒仙。
风流生悦色,谁道逝华年。
共饮但求醉,相逢即是缘。
前尘多少恨,一盏付云烟。

【说明】

本篇作于二〇二二年四月二十一日。平水韵下平声一先,最先得出的句子为"既得花为伴,何辞作酒仙"。以李白诗作《将进酒》为题,表达对其才华和情怀的渴望。

【注释】

既:既然。
作:成为。
风流:指风雅潇洒。
悦色:怡悦的神色。

前尘：指从前的经历。

付：交给，投入。

【译文】

　　　　既然有幸得到繁花为伴，
　　　　又何必拒绝成为酒仙呢。
　　风雅潇洒让人产生怡悦的神色，
　　谁会说这些人已经逝去青春呢。
　　　　在一起畅饮美酒只求一醉，
　　　　相逢相识就是一种缘分。
　　　　从前的经历虽有很多遗憾，
　　　　　此刻就让这些遗憾，
　　　　随着一杯酒付诸云烟吧。

离思(十八)

春归一别恨无穷,几度相思梦里逢。
曾记惊鸿留倩影,不知此刻是何容。
愁瞳懒顾繁花盛,笑语常凭浊酒浓。
如若身为孑然客,天南地北只随踪。

【说明】

本篇作于二〇二二年五月三日。平水韵上平声二冬,最先得出的句子为"几度相思梦里逢"。

【注释】

春归:春天结束,春光逝去。

恨:遗憾。

愁瞳:指忧愁的眼神。

懒顾:懒得回顾。

浊酒:未滤的酒。

如若:如果。

孑然客：指单身的人。

【译文】
　　在春天结束的时候与你离别，
　从此开始便是无穷无尽的遗憾，
　因为相思几次在梦里与你相逢。
　记得你曾经留下惊鸿般的身影，
　但不知道此刻你是何样的面容。
　我懒得回顾花丛里盛开的繁花，
　　也经常凭借浊酒强颜欢笑。
　　　如果我是孑然一身的人，
　无论天南地北一定跟随你的踪迹。

题杨柳村

杨柳渡边杨柳风,暖风福泽万家隆。
任凭谁问从何晓,尽在村农笑语中。

【说明】
　　本篇作于二〇二二年六月一日。平水韵上平声一东,最先得出的句子为"杨柳渡边杨柳风"。参加杨柳湖诗会时,体会到了村民的幸福美满。

【注释】
　　杨柳村:位于南京市江宁区湖熟街道,始建于明万历七年(1579年),有大量古建筑。
　　杨柳渡:杨柳村中杨柳湖的古渡口。
　　隆:兴盛。
　　村农:即村民。

【译文】

　　　　杨柳渡边吹着杨柳风,
　　　　感觉到这暖风福泽万家,
　　　　杨柳村的村民生活幸福。
　　　　无论谁问如何看出,
　　　　　这里万家兴盛,
　　　　　我只会告诉他,
　　　　村民的笑语说明生活幸福。

【文学常识】

　　白体:是宋初一批诗人效法白居易诗风创作的诗歌,代表作家有李昉、徐铉等,他们主要模仿的是白居易、元稹、刘禹锡等人互相唱和的近体诗,内容多写流连光景的闲适生活,风格浅切清雅。

离思(十九)

乍醒三更梦,罗衾拭泪痕。
幽窗望明月,皎色触情根。
一别佳人远,唯将倩影存。
相思当此夜,无刻不销魂。

【说明】
　　本篇作于二〇二二年六月二十八日。平水韵上平声十三元,最先得出的句子为"罗衾拭泪痕"。

【注释】
　　乍:突然。
　　罗衾:指被褥。
　　皎色:皎洁的月光。
　　无刻:无时无刻。
　　销魂:形容悲伤愁苦的形象。

【译文】

三更时突然从梦中醒来,
满脸泪水只能用被褥拭去。
坐在幽静的窗前望着明月,
皎洁的月光触动了心底情根。
当日一别你我已相隔甚远,
只能把你的身影记在心中。
面对此夜我相思至极,
每时每刻都感到无尽的愁苦。

【文学常识】

西昆体:是宋初影响极大的重要文学流派,其诗人中成就较高的有杨亿、刘筠、钱惟演三人。他们的诗是晚唐、五代诗风的延续,类似李商隐的雕润密丽、音调铿锵,呈现出整饰典雅的艺术特征。

荷塘花月夜

春归花落随流水,流水夏来生好花。
欲问好花何处有,荷塘六月正芳华。
漫步塘前白鹭鸣,随波莲动鲤鱼惊。
蓦然举目无穷碧,未见花容先有情。
水上莲花万点红,千株菡萏百芙蓉。
芙蓉绽放脸含露,菡萏娇羞妆未浓。
夜来月色满荷塘,一缕微风一缕香。
空里水中皆有月,水中明月更流光。
流光滟滟跃浮萍,萍上丛丛荷叶生。
荷叶浮萍本无异,淤泥不染染池清。
月下清池映野云,池中荷叶舞罗裙。
只闻天籁无丝竹,更有风来香气熏。
何处佳人采莲子,何时痴客罢相思。
经年莲子清如水,难驻佳人豆蔻姿。
此刻夜深人散空,孤星望月有无中。
身前只见花弄影,万户千家灯落红。
难得荷香月正圆,心怀余兴不归眠。
君应怜取花开夜,莫待无花空泫然。

【说明】

本篇作于二〇二二年七月二十六日。平水韵,歌行体,每四句押一韵,最先得出的句子为"空里水中皆有月,水中明月更流光"。本篇为荷塘夜景而作。

【注释】

蓦然:突然。

菡萏:即荷花,古人习惯称尚未全开的荷花为菡萏,全开的为芙蓉。

滟滟:水波映光、闪耀的样子。

泫然:流泪貌。

【译文】

　　　　春天过去花落随流水而逝,
　　　　到了夏天流水中会开出好花。
　　　　要问哪里有好花,
　　　　那就在六月的荷塘里。
漫步在塘前听着白鹭的啼声,
莲叶随波流动惊起水中的鱼,
　　　抬头看到一片绿色的荷叶,
还没看到荷花但已先有一番心情。
　　　　水上开着很多荷花,
　　　有的含苞待放有的已经绽放。

绽放的荷花上含着露水,
未绽放的透露出淡淡的红色。
夜里月光洒满荷塘,
微风里带着一缕缕花的幽香。
天上和水中都有月亮,
水中的明月更如流光般美丽。
闪耀的水面上浮萍随波流动,
浮萍上是一丛丛的荷叶。
荷叶和浮萍本没有区别,
都是不染淤泥只染水的清澈。
月下的荷塘映着云朵,
池中的荷叶像舞动的罗裙。
此时只听到自然的声音,
更有随风而来的阵阵香气。
不知道有无美丽的姑娘采摘莲子,
也不知道痴情的人何时能停止相思。
一年又一年莲子都清如水,
但美人哪能青春常驻。
此时夜已深人已散去,
天上的星月在云间时隐时现。
身前只看见月下的花影,
千家万户已经落灯睡去。
难得遇到花开月圆之夜,

心里兴奋不已不愿归去。
我们应该爱惜这花开的夜晚，
不要等花落后而伤心泪下。

【文学常识】

晚唐体：是指宋初模仿唐代贾岛、姚合诗风的一种诗体，由于宋人常把贾、姚看成晚唐诗人，因此名之为"晚唐体"。晚唐体诗人多数继承了贾、姚的苦吟精神，内容大多是描绘山林景色和隐逸生活；另一类晚唐体诗人主要是吟咏湖山胜景，抒写隐居不仕、孤芳自赏的心情。与这两类诗人的身份迥异的是寇准，他官至宰相，但又与这两类诗人有一定的交往，故其被誉为晚唐体的盟主。

离思(二十)

人生多过客,何以总相思。
偶遇应无憾,重逢难有期。
只因怜倩影,不悔作情痴。
每到伤心极,空凭酒与诗。

【说明】
　　本篇作于二〇二二年九月六日。平水韵上平声四支,最先得出的句子为"人生多过客"。

【注释】
　　怜:怜爱。
　　极:最,达到顶点。

【译文】

　　人的一生会遇到很多过客,
　　如此平常的事为何总引人相思。
　　幸能偶遇本该感到没有遗憾,
　　但还是遗憾重逢无期。
　　你的倩影让人怜爱不已,
　　就算变成情痴也不后悔相遇。
　　每到伤心至极之时,
　　只能靠烈酒和诗句消愁解忧。

【文学常识】

　　六一风神:是欧阳修散文的美学风格,他号"六一居士",其并不刻意选择人物、场景以及按照某种寓意的逻辑来组织内容,只是自然叙事、自然抒怀,在看似散漫不经的行文中,能使读者从寻常的叙事中体悟出难以言传的高远境界。

蜂

薄翼御狂风,蜜囊勤不空。
生来无后命,碌碌在花中。

【说明】

本篇作于二〇二二年十月十六日。平水韵上平声一东,最先得出的句子为"薄翼御狂风"。托物言志,以物讽事,现实中努力却总是失意,失意却不忘本分,选择不还击,是因为还击将会付出代价。

【注释】

薄翼:蜜蜂薄薄的双翼。

御:抵御。

蜜囊:蜜蜂体内贮存花蜜等液体物质的嗉囊。

后:指蜂后,也叫蜂王。

【译文】

薄薄的双翼抵御着狂风,
即使外界环境再恶劣,
也会勤劳工作不让蜜囊空置。
蜜蜂生来就没有做蜂王的命,
只能默默忙碌在花丛中。

【文学常识】

诗穷而后工说:欧阳修在《梅圣俞诗集序》里说"非诗之能穷人,殆穷者而后工也",提出了"诗穷而后工"的说法。其指困厄的人生境遇,能使诗人创作出工致精妙的、具有高度艺术性的诗歌作品。

醉题荷塘

举酒闲邀明月星,荷塘寂静夜孤行。
世如池底淤泥浊,我似水中莲叶清。
尝尽徒劳心渐老,遭逢颠覆意难平。
今宵只在花前醉,不负风流骚客名。

【说明】

本篇作于二〇二二年十一月十一日。平水韵下平声八庚,最先得出的句子为"世如池底淤泥浊,我似水中莲叶清"。工作中不平之事繁多,虽对此早已看破看透,但当事情发生在自己身上时,也难免有一丝不满。

【注释】

遭逢:遇到。
颠覆:诗中指颠倒失序之事。
骚客:诗人。

【译文】

  举着酒杯闲邀月亮和星辰,
  独自行走在寂静的荷塘边。
  尘世如池底的淤泥一样污浊,
  我的品行却如水中莲叶般干净。
  尝过很多徒劳无功的感受后心已老去,
  但遇到了颠倒失序之事还是难以平静。
  抛开世事今晚只在这花前沉醉,
  不能辜负我这风流诗人的名声。

【文学常识】

  晏欧词风:词体进入晚唐五代以后渐趋成熟,确立了以小令为主的文本体式、以柔情为主的题材取向和以柔软婉丽为美的审美规范。晏殊、欧阳修的词作主要继承了这种词风,但他们在继承中又有革新求变,晏殊加大了词中的感情浓度,欧阳修则增强了词的抒情功能,改变了词的审美趣味。

回乡偶书(五)

身似外来客,楼高不辨方。
乡音遥入耳,热泪自盈眶。

【说明】

本篇作于二〇二二年十二月十五日。平水韵下平声七阳,最先得出的句子为"乡音遥入耳,热泪自盈眶"。因工作原因回到家乡麒麟街道,听到了熟悉的建南社区(为母亲的家乡)口音,想到这古老的村庄因拆迁已不复存在,一时感慨万千。

【注释】

方:方向。

乡音:故乡的口音。

【译文】

我的家乡麒麟的变化实在太大,
回到这里感觉自己是个外来之人。
这里满眼高楼大厦已无过去的样子,
走在路上我很难分辨出方向。
听到远处传来的说话声,
正是儿时常去的外婆家乡口音,
想到那个村庄现已不复存在,
一时间难掩感慨热泪盈眶。

【文学常识】

苏门四学士:北宋黄庭坚、秦观、晁补之、张耒的并称,他们在苏轼众多门生和崇拜者中,最被苏轼欣赏和重视。此四人文学风格大不相同、造诣各异,其中以黄庭坚成就最高,其甚至能与苏轼齐名,被称为"苏黄"。

春日寻花

不惊物候几年光,春日须臾每负香。
我惜繁花飞似雪,繁花叹我鬓如霜。

【说明】

　　本篇作于二〇二三年三月二十日。平水韵下平声七阳,最先得出的句子为"繁花叹我鬓如霜"。平凡的生活碌碌无为,我似乎已经有些麻木,虽习惯了花开花落,但也会突然感到时光飞逝。

【注释】

　　物候:指生物随季节变化的周期性现象。
　　须臾:形容极短的时间。
　　负:辜负。

【译文】

　　长期处于平凡麻木的生活状态,
　　几年没有为大自然的变化而心动了。
　　突然感觉到春天的短暂,
　　我已辜负春天的花香好多年。
　　我惋惜花期短暂飞花如雪,
　　也许繁花们也感叹我青春不复。

【文学常识】

　　豪放词派:与婉约词派称为我国古代两大词派。豪放派取材广泛,常抒写壮志豪情,描绘奇伟景物,风格豪迈奔放,沉郁悲壮。北宋苏轼是该词派的开创者,其词打破了晚唐以来词的"艳科"范围,南宋辛弃疾也是豪放派的大师,二人因词风豪放被称为"苏辛"。

登高夜望

夜幕登高望,默然寻静氛。
霓虹萦远市,星月照层云。
落木微风扫,鸣禽深树闻。
山中避尘杂,心境自无垠。

【说明】

　　本篇作于二〇二三年五月四日。平水韵上平声十二文,最先得出的句子为"星月照层云"。生活在喧嚣的都市里,偶尔寻一清幽之处,能够让自己的心境更加宽广。

【注释】

　　夜幕：指夜间。

　　默然：安静的样子。

　　霓虹：指都市的灯光。

　　无垠：无边无际。

【译文】

夜间登高遥望,
静静地寻找清幽的氛围。
远处的灯光萦绕这都市,
天上的星月照亮了层云。
微风扫动着落叶发出了声音,
树林深处传来几声鸟鸣。
在此山中能够避开烦琐世事,
人的心境也会变得宽广。

雨过山间

骤雨洗青山,徐升飘渺烟。
山中林表霁,烟里远峰连。
云没长空外,泉流石径边。
初来人欲静,徙倚更怡然。

【说明】

本篇作于二〇一〇年三月三日,二〇二三年六月二十一日依格律修改。平水韵下平声一先,最先得出的句子为"云没长空外,泉流石径边"。

【注释】

飘渺:同"缥缈",形容隐隐约约的样子。
霁:指雨止,放晴。
徙倚:徘徊。

【译文】

　　一场骤雨将青山洗净，
　　山间徐徐升起缥缈的烟雾。
　　此刻山林表面已经放晴，
　　烟雾里的山峰远远相连。
　　烟雾与云彩逐渐融为一体，
　　并消失在长空之外，
　　山泉流动在石径旁边。
　　刚来到此处时心就忽然静下，
　　徘徊几步更是怡然自得。

黄鹤楼

萧瑟西风黄鹤楼,黄鹤楼高万里愁。
昔人黄鹤不曾返,蒹葭杨柳终未休。
白云向晚生归念,墨客来时悲倦游。
江上波澜多少事,千秋遗恨水东流。

【说明】

本篇作于二〇二三年八月十一日。平水韵下平声十一尤,最先得出的句子为"黄鹤楼高万里愁"。借唐代崔颢之经历,抒自身之同感,故与崔颢《黄鹤楼》同名、同韵、同首颔两联不入律。

【注释】

昔人:崔颢《黄鹤楼》中提及的仙人。

蒹葭:特定生长周期的荻与芦,蒹为没长穗的荻,葭为初生的芦苇。

向晚:傍晚。

墨客：指诗人、作家等风雅文人，在此偏指如崔颢般经历的文人。

【译文】
　　迎着清冷的西风来到黄鹤楼上，
　远望万里所见都触发着内心的愁苦。
　传说中驾鹤远去的仙人从未回来过，
　而江边的蒹葭杨柳始终没有停止生长。
　到了傍晚时天上的白云渐渐散去，
　　失意的人见到这番景象，
　应该会为自己的经历感到悲伤厌倦。
　千百年来历代人物的经历和遗憾，
　　正如这江上的波澜不曾休止。

离思(二十一)

寸寸青丝节节斑,梦归远别几时还。
重逢岂是寻常事,望去蓬山又一山。

【说明】

本篇作于二〇二三年八月十三日。平水韵上平声十五删,最先得出的句子为"寸寸青丝节节斑"。

【注释】

青丝:指黑发。

斑:斑白。

蓬山:传说中的海上仙山,比喻被思念者居住的地方。关于蓬山的典故,曾被唐代诗人李商隐多次引用,较有名的是"刘郎已恨蓬山远,更隔蓬山一万重"。

【译文】

随着时间的推移,
原本的青丝也出现一些斑白。
经常梦见远别时的情景,
这一别不知何时再相见。
相隔甚远重逢岂是寻常之事,
正如远远望去,
终于望见了传说中的蓬山,
却发现蓬山之后又是另一座山。

题云水涧

云头正归燕,山涧又逢春。
流水无穷碧,繁花次第新。
闲游弃拘碍,夜宿旷心神。
莫问身何在,欣然远俗尘。

【说明】
　　本篇作于二〇二四年二月八日。平水韵上平声十一真,最先得出的句子为"云头正归燕,山涧又逢春"。本篇为云水涧而作。

【注释】
　　云水涧:旅游度假区,位于江苏省南京市江宁区谷里街道正方西路555号。

【译文】

　　云头正迎来回归的燕子，
　　　山涧又逢一年春天。
　　这里的水波无穷碧绿，
　　　各种花草有序新发。
　　在此闲游能够摆脱束缚，
　　　小住一宿更是心旷神怡。
　　尽情陶醉于此忘乎所以，
　　远离世俗喧嚣而心情愉悦。

望江南·青蓝杉谷

居杉谷,
世外绝尘喧。
晓露无声滋寸草,
晚霞多彩映长天。
仙境落人间。

【说明】

本篇作于二〇二四年二月八日。词林正韵第七部,平声十三元(半)十四寒十五删一先通用,最先得出的句子为"晓露无声滋寸草,晚霞多彩映长天"。本篇为青蓝杉谷而作。

【注释】

青蓝杉谷:旅游度假区,位于江苏省南京市江宁区横溪街道许高社区大岘水库旁。

【译文】

　　居住在青蓝杉谷中,
　如同处于远离尘喧的世外。
　这里的朝露默默滋润着草木,
　傍晚时彩色的霞光映满天空。
　　如此美丽的景象,
　莫非仙境落到了人间。

【文学常识】

　　婉约词派:与豪放词派称为我国古代两大词派。其特点是多以男欢女爱为题材,善于抒写委婉细腻的情思,风格含蓄,委婉曲折。晚唐、五代以温庭筠为代表的"花间派"是最早的婉约词派,宋代晏殊、秦观、周邦彦、李清照等都是婉约词派的代表人物。另外,辛弃疾(字幼安)也是婉约词派的代表,与李清照(号易安居士)齐名,称为"二安"。

秋思（三）

晨星寥数点，孤月没云中。
落花千丝雨，零叶一缕风。

【说明】

本篇作于二〇一五年六月三十日，直至二〇二四年二月八日修改无果后决定纳入此集。平水韵上平声一东，最先得出的句子为"晨星寥数点，孤月没云中"。全诗以景代思，至今仍自我回味，后两句出律，但多年来无论如何依格律修改，都感觉失去了原味。

【注释】

晨星：清晨的星星。
没：读[mò]，消失。

【译文】
　　　　清晨的星星只有寥寥数点,
　　一轮孤月也渐渐消失在云层中。
　　　　回忆春天的花朵,
　　　　一场雨后落红满地。
　　　　而如今秋天的枯叶,
　　　　一缕风来飘零无涯。

结 语

　　《飞鸿集》只是一个开始,是我了解诗词格律后创作的开始。相信随着时间的推移,我的诗和心将不断达到新的境界,这是我追求的诗人的境界,也是属于我的精神财富。余生,我还会将自己的诗不断编集出版。

　　我只是个普通人,所作的诗不可能超越古人,也无法和当代诗人的作品相提并论,不过,作诗本来就是为了陶冶情操,丰富精神生活,并非与他人争一日之长短。我经历过亲人的失踪、工作的低谷、婚姻的变故、大小家庭的矛盾等等,我将自己最真实的感情融入诗中,诗已经成为我的精神寄托,成为我生命的一部分。每作一首诗,都能使我心中五味杂陈。当然,无论诗中还是现实中的悲喜,都终将成为过去,活着,总得笑对人生,活得精彩。现实中,很多人为了工作生活而打拼,很容易迷失自己的本心,我自然也有过类似的经历,但我始终坚持把最真实的自己写在诗中,以此留住本心。一个人只要用心写作,他的作品即使不能感动别人,至少也能感动自己,或许这已经足够了。

　　我出版诗集的主要目的是赠给志同道合的文友、愿意收藏的朋友,也留给自己的后代。与此同时,我还将继续学习研究传统诗词,归纳整理有关知识,希望在有生之年,能够将平生所学编著成书。一个平凡的人,也许只能用这些方式证明,他曾经来到过这个世界。

在此集附录中,我还整理了一些关于诗词格律的基础知识,主要是我归纳并简化后的诗词格律基础资料,也夹杂了一些个人观点,如与官方资料有异,一切以官方资料为准。

附录

诗的分类

从格律上看,诗可分为古体诗、新体诗和近体诗。古体诗又称古诗或古风,新体诗最早出现于南朝齐永明年间,讲究声律和对偶,近体诗又称今体诗或格律诗。从字数上看,诗可分为四言诗、五言诗、七言诗,唐代以后,四言诗很少见了,所以一般诗只分为五言、七言两类。

一、古体、新体、近体

(一)古体诗

古体诗是依照古代的诗体来写的,在唐人看来,从《诗经》到南朝齐永明年间形成"永明体(即新体诗)"前,都算是古。诗人所写的古体诗,不受近体诗的格律束缚,所以凡不受近体格律的束缚的都是古体诗。

(二)新体诗

新体诗最初形成于南朝齐永明年间,又称"永明体",讲究声律和对偶。永明体的产生,为后来律诗的成熟奠定了基础。

(三)近体诗

近体诗以律诗为代表,律诗的韵、平仄、对仗等比新体诗更讲究,由于格律很严,所以称为律诗。律诗有以下特点:

1. 通常每首限定八句,五律共四十字,七律共五十六字;

2. 押平声韵;

3. 每句的平仄都有规定;

4. 每篇必须有对仗,对仗的位置也有规定。

有一种超过八句的律诗,称为长律,长律也称排律,也是近体诗。这种长律除了首尾两联以外,一律要求对仗。

近体诗中常见的另一种体裁是绝句,但实际上绝句可以分为律绝和古绝,其中律绝属于近体诗,古绝属于古体诗。古绝可以用仄韵,即使是押平声韵的,也不受近体诗平仄规则的束缚,自然也就归入古体诗一类。律绝不但押平声韵,而且依照近体诗的平仄规则,甚至采用对仗,在形式上几乎等于半首律诗,所以归入近体诗。

总体来说,律诗(包括长律)属于近体诗,绝句中有些属于古体诗,有些属于近体诗,一般所谓古风等其他类属于古体诗。

二、五言和七言

五言就是五个字一句,七言就是七个字一句。五言古诗简称五古,七言古诗简称七古,五言律诗简称五律,七言律诗简称七律,五言绝句简称五绝,七言绝句简称七绝。古风自然也就分为五古、七古,这只是大致的分法。

其实除了五言、七言之外,还有所谓杂言。杂言指的是长短句杂在一起,主要是三字句、五字句、七字句,其中偶然也有四字句、六字句以及七字以上的句子。杂言诗一般不别立一类,只归入七古,甚至篇中完全没有七字句,只要是长短句,也就归入七古。这是习惯上的分类法,是没有什么理论根据的。

近体诗的韵

近体诗是严格地依照韵书来押韵的,诗韵共有106个韵,其中平声30韵,上声29韵,去声30韵,入声17韵,详情见下文《〈平水韵〉简介》。近体诗一般只用平声韵,在韵书里,平声分为上平声、下平声,只是因为平声字多,没有别的意思。

上平声15韵:一东、二冬、三江、四支、五微、六鱼、七虞、八齐、九佳、十灰、十一真、十二文、十三元、十四寒、十五删。

下平声15韵:一先、二萧、三肴、四豪、五歌、六麻、七阳、八庚、九青、十蒸、十一尤、十二侵、十三覃、十四盐、十五咸。

东冬等字都只是韵的代表字,它们只表示韵母的种类。至于东冬这两个韵(以及其他相近似的韵)在读音上有什么分别,不需要追究,只需知道它们在最初的时候可能是有区别的。律诗用韵是严格的,律绝也一样,即使是邻韵也不可以混用,例如一东二冬不可以混用。

但近体诗首句可以借用邻韵,这种情况在中晚唐诗中甚为多见,到宋代甚至成为一种风气。因为近体诗首句本可不用韵,律诗有四韵,律绝有两韵,排律则有多韵,即使首句入韵,古人也不把它算在韵数之内,可见首句入韵是多余的一处韵脚。诗人往往从这多余的韵脚上寻求自由,所以近体诗有首句借用邻韵之例。

如苏轼的《题西林壁》:

横看成岭侧成峰,远近高低各不同。

不识庐山真面目,只缘身在此山中。

此诗押东韵,而首句的"峰"字则属冬韵。

近体诗首句借用的邻韵,大致可以归为八类:

(1)"东、冬"为一类。

(2)"支、微、齐"为一类。

(3)"鱼、虞"为一类。

(4)"佳、灰"为一类。

(5)"真、文、元、寒、删、先"为一类。其中"真文""元文""寒删""删先""元先"较近,"真元""寒先""元删"较远,至于"真寒""寒元""文与删先""先与真文"原则上不能认为是邻韵。

(6)"萧、肴、豪"为一类。

(7)"庚、青、蒸"为一类。其中"庚青"较近,它们与"蒸"较远。

(8)"覃、盐、咸"为一类。

近体诗的平仄

古汉语有平、上、去、入四种声调,除了平声,其余三种声调均为仄声。类比现代汉语的四声,通常第一声、第二声为平声,第三声、第四声为仄声,第一声、第二声中有些是入声字,也属于仄声(详见附录《入声字简介》)。平仄是近体诗的重要因素,近体诗的平仄规则,一直应用到后代的词曲。诗词格律,主要就是指平仄。

一、五律的平仄

五言的平仄,只有四个类型,而这四个类型可以构成两联。即:

(1)仄仄平平仄,平平仄仄平。

(2)平平平仄仄,仄仄仄平平。

由这两联的错综变化,可以构成五律的四种平仄格式。其实只有两种基本格式,其余两种不过是在基本格式的基础上稍有变化罢了。

(一)仄起式

仄仄平平仄,平平仄仄平。
平平平仄仄,仄仄仄平平。
仄仄平平仄,平平仄仄平。

平平平仄仄,仄仄仄平平。

首句可改为:仄仄仄平平(尾字必须入韵或借用邻韵)

(二)平起式

平平平仄仄,仄仄仄平平。

仄仄平平仄,平平仄仄平。

平平平仄仄,仄仄仄平平。

仄仄平平仄,平平仄仄平。

首句可改为:平平仄仄平(尾字必须入韵或借用邻韵)

二、七律的平仄

七律是五律的扩展,扩展的办法是在五字句的上面加一个两字的头,仄上加平,平上加仄。因此,七律的平仄也只有四个类型,这四个类型也可以构成两联:

(1) 平平仄仄平平仄,仄仄平平仄仄平。

(2) 仄仄平平平仄仄,平平仄仄仄平平。

对于律绝而言,其可以被理解为律诗的一半,平仄规则自然也就是相同的。

此外,对于近体诗中律句的平仄,也是可以变化的,简单地说,五言的"一三"字、七言的"一三五"字是可平可仄的,只要不造成"三平尾""孤平""三仄尾"("三仄尾"是否符合格律尚存在争议,古人的近体诗中也出现过"三仄尾",其一般出现在首联或尾联),这些字的平仄是可以随便安排的。另一种平仄变化被称为"拗救",详情见下文。

三、粘对

（一）对

对就是平对仄，仄对平。五律的"对"，只有两副对联的形式：

（1）仄仄平平仄，平平仄仄平。

（2）平平平仄仄，仄仄仄平平。

七律的"对"，也只有两副对联的形式：

（1）平平仄仄平平仄，仄仄平平仄仄平。

（2）仄仄平平平仄仄，平平仄仄仄平平。

如果首句用韵（或借用邻韵），则首联的平仄就不是完全对立的。由于韵脚的限制，也只能这样办。这样，五律的首联成为：

（1）仄仄仄平平，平平仄仄平。

（2）平平仄仄平，仄仄仄平平。

七律的首联成为：

（1）平平仄仄仄平平，仄仄平平仄仄平。

（2）仄仄平平仄仄平，平平仄仄仄平平。

（二）粘

粘就是平粘平，仄粘仄；后联出句第二字的平仄要跟前联对句第二字相一致。具体说来，要使第三句跟第二句相粘，第五句跟第四句相粘，第七句跟第六句相粘。也可以简单理解为，无论五言或七言，只有两种句式，在诗中必须交替安排这两种句式。不管长律有多长，也不过是依照粘对的规则来安排平仄。违反了粘的规则,叫作失粘,是近体诗的大忌。

四、孤平的避忌

孤平也是近体诗的大忌,写近体诗要注意避免孤平。在词曲中用到同类句子的时候,也要注意避免孤平。

在五言"平平仄仄平"这个句型中,第一字必须用平声,如果用了仄声字,就是犯了孤平。因为除了韵脚之外,只剩一个平声字了。七言是五言的扩展,所以在"仄仄平平仄仄平"这个句型中,第三字如果用了仄声,也叫犯孤平。在唐朝后的近体诗中,几乎没有孤平的句子。

五、拗救

近体诗中,凡是平仄不依常规的句子,就是拗句。凡是句子中出现拗字,一般就要在相关的某个地方做补救。拗救,是后人根据唐人格律诗的创作实践总结出来的规律。所谓拗救,即前拗后救。也就是说,前面某个该用平声的地方用了仄声,就在后面适当的位置补偿一个平声。

(一)拗救的常见方式

拗救的常见方式有本句自救、对句相救和半拗可救可不救三种。

1. 本句自救。在仄平脚句式中,五言第一字、七言第三字如果没用平声,那么就会犯孤平。孤平可是近体诗的大忌。但为了不影响意境和诗的整体形象，或根本找不到合适的平声字替代，那个地方非得用个仄声字，也可以在句子的倒数第三字，即五言第三字、七言第五字补偿一个平声字来救。具体来说就是：在五言该用"平平仄仄平"的地方，第一字用了仄声，则在第三字补偿一个平声，如此就变成了"仄平平仄平"；七言则是由"仄仄平平仄仄平"变成"仄仄仄平平仄平"。这种情况也叫"孤平自救"。

关于"孤平自救"，目前流行一种说法，即七言"仄仄平平仄仄平"的第三字若用了仄声，而第一字用了平声，就不算是孤平，或者说是用第一字的平声救了。这种说法是可以理解的，但也是不全面的，原因有：

（1）音律是前轻后重、前松后严的，即后面的音节比前面的音节重要。从声律上，前面的救不起后面的拗。拗救只能是后救前。

（2）七言的第一字原本就是可平可仄、平仄任意的。之所以"任意"，就是因为这个字在声律上的作用最小，小到几乎可以忽略，其平仄对于声律构成几乎没什么影响。

（3）虽然首字用了平声，避免了除韵脚外只有一个平声的情况，但第四字依旧为"夹平"拗，声律依旧不够谐和。

另外，特定格式（五言"平平仄平仄"，七言"仄仄平平仄平仄")实际上也属于本句自救的一种,即五言第三字、七言第五字用了仄声,分别在第四字和第六字换用平声字作为补偿,即"救"。

2. 对句相救。本句没办法救,那就在对句救。在该用"仄仄平平仄"的地方,第四字(倒数第二字)用了仄声,或三四两字(倒数第二、三字)都用了仄声,则在对句的第三字改用平声来补偿。这样本来是"仄仄平平仄,平平仄仄平"的句式就成为"仄仄平仄仄,平平平仄平"或"仄仄仄仄仄,平平平仄平"。七言则成为"平平仄仄平仄仄,仄仄平平平仄平"或"平平仄仄仄仄仄,仄仄平平平仄平"。这种情况下,五言对句第一字、七言对句第三字,允许为仄声字。

3. 半拗可救可不救:在该用"仄仄平平仄"的地方,第四字(倒数第二字)没有用仄声,只是第三字(倒数第三字)用了仄声。七言则是在该用"平平仄仄平平仄"的地方,第五字(倒数第三字)用了仄声而第六字(倒数第二字)依旧保持平声。这种情况可救可不救,与1、2两种情况的严格性稍有不同。若救,救法跟2相同,也是分别在对句的"倒数第三字"即五言第三字、七言第五字换用一个平声字。

有一种经常出现的情形,诗人们在运用1种拗救的同时,常常在出句用2或3。这样就既构成了本句自救,同时又构成对句相救。

六、古风式律诗

除了完全依照格律写出的律诗之外,有些律诗没有完全依照律诗的平仄格式,而且对仗也不完全工整。例如崔颢的《黄鹤楼》:

昔人已乘黄鹤去,此地空余黄鹤楼。

黄鹤一去不复返,白云千载空悠悠。

晴川历历汉阳树,芳草萋萋鹦鹉洲。

日暮乡关何处是,烟波江上使人愁。

这诗前半首是古风的格调。依照上文所述七律的平仄的平起式来看,第一句第四字应该是仄声而用了平声,第六字应该是平声而用了仄声,第三句第四字和第五字应该是平声而用了仄声,第四句第五字应该是仄声而用了平声。当然,这所谓"应该"是从后代的眼光来看的,作者崔颢自然是懂格律的,其在作《黄鹤楼》时不仅做到了灵活运用格律,更做到了凌驾于格律之上。

后来也有一些诗人有意识地写一些古风式的律诗,古人把这种诗称为"拗体"。拗体自然不是律诗的正轨,后代模仿这种诗体的人是很少的。

近体诗的对仗

对偶是把同类的概念或对立的概念并列起来,诗词中的对偶叫作对仗。对偶的一般规则是名词对名词,动词对动词,形容词对形容词,副词对副词。近体诗的对仗主要用在律诗中,律绝不将对仗作为硬性要求。以下列举一些常见的对仗方式。

一、工对

凡同类的词相对,叫作工对。在一个对联中,只要多数字对得工整,就是工对。名词分为若干小类,同一小类的词相对,更是工对。有些名词虽属不同小类,但是在语言中经常平列,如天地、诗酒、花鸟等,也算工对,反义词也算工对。例如李白《塞下曲》的"晓战随金鼓,宵眠抱玉鞍"。

句中自对而又两句相对,算是工对。像杜甫诗中的"国破山河在,城春草木深",山与河是地理,草与木是植物,对得已经工整了,于是地理对植物也算工整了。

同义词相对,似工而实拙。在一首诗中,偶然用一对同义词也不要紧,多用就不妥当了。出句与对句完全同义(或基本上同义),叫作"合掌",更是诗家的大忌。

二、宽对

宽对形式服从于内容,主要是为了不损害思想内容。宽对和工对之间有邻对,即邻近的事类相对。例如天文对时令,地理对宫室,颜色对方位,同义词对连绵字,等等。稍为更宽一点,就是名词对名词,动词对动词,形容词对形容词等。

又更宽一点,那就是半对半不对。颔联的对仗不像颈联那样严格,所以半对半不对也是比较常见的。杜甫的"遥怜小儿女,未解忆长安"就是这种情况。

三、借对

借对一个词有两个意义,诗人在诗中用的是甲义,但是同时借用它的乙义来与另一词相对仗,这叫借对。例如杜甫《曲江》"酒债寻常行处有,人生七十古来稀",古代八尺为寻,两寻为常,所以借来对数目字"七十"。

有时候,不是借意义,而是借声音。借音多见于颜色对,如借"篮"为"蓝",借"皇"为"黄",借"沧"为"苍",借"珠"为"朱",借"清"为"青"等。

四、流水对

流水对对仗,一般是平行的两句话,它们各有独立性。但是,也有一种对仗是一句话分成两句话,其实十个字或十四个字只是一个整体,出句独立起来没有意义,至少是意义不全,这叫流水对。例如杜甫的"即从巴峡穿巫峡,便下襄阳向洛阳"。

五、错综对

错综对不拘字词的位置,相对的词语处于错综交叉的情况。例如"七贤杯里酒,笔下板桥心","七贤"对"板桥","杯里"对"笔下"。

六、隔句对

隔句对又称扇对格。扇面展开,即隔句相对。一联中的出句和对句不构成对仗,而是前联与后联形成对仗,即两联之间相对。例如"千丝如意锦,遍缀水云衫。一曲清心乐,漫拨天地弦"。

总之,律诗的对仗不像平仄那样要求严格,诗人在运用对仗时是有更大自由的。艺术修养高的诗人常常能够成功地运用工整的对仗,来更好地表现思想内容,而不是损害思想内容。

词的简介

词最初称为"曲词"或"曲子词",是配音乐的。从配音乐这一点上说,它和乐府诗是同一类的文学体裁,也同样来自民间文学。后来词也跟乐府一样,逐渐跟音乐分离了,成为诗的别体,所以有人把词称为"诗余"。

词是长短句,但是全篇的字数是一定的,每句的平仄也是一定的。词大致可分为小令、中调、长调三类,有人认为58字以内的为小令,59字至90字的为中调,91字以上的为长调。这种分法虽然太绝对化了,但是大概的情况是这样的。另外,词有单调、双调、三叠、四叠的分别。单调只有一阕,一般就是一首小令,双调就是把一首词分为前后两阕,三叠就是三阕,四叠就是四阕。

填词必须遵循词牌和词谱,词牌是词的格式的名称,每一词牌的格式,叫作词谱。词谱限定了平仄,填词没有"拗救"的说法。以下列举一些词牌词谱:

忆江南(又作望江南、江南好)

平中仄,	江南好,
中仄仄平平。	风景旧曾谙。
中仄中平平仄仄,	日出江花红胜火,
中平平仄仄平平。	春来江水绿如蓝。

仄仄仄平平。　　　　　能不忆江南。

蝶恋花（又名鹊踏枝）
中仄平平平仄仄。　　　　花褪残红青杏小。
中仄平平,中仄平平仄。　燕子飞时,绿水人家绕。
中仄中平平仄仄（或仄平仄）。枝上柳绵吹又少。
中平中仄平平仄。　　　　天涯何处无芳草。
中仄平平平仄仄。　　　　墙里秋千墙外道。
中仄平平,中仄平平仄。　墙外行人,墙里佳人笑。
中仄中平平仄仄（或仄平仄）。笑渐不闻声渐悄。
中平中仄平平仄。　　　　多情却被无情恼。

浣溪沙（沙或作纱,或作浣纱溪）
中仄平平仄仄平,　　　　一曲新词酒一杯,
中平中仄仄平平。　　　　去年天气旧亭台。
中平中仄仄平平。　　　　夕阳西下几时回。
中仄中平平仄仄,　　　　无可奈何花落去,
中平中仄仄平平。　　　　似曾相识燕归来。
中平中仄仄平平。　　　　小园香径独徘徊。

词的韵需要依照词林正韵,也可以依照当代的中华新韵,但很少有作者用新韵填词。

《平水韵》简介

《平水韵》因其刊行者刘渊原籍为江北平水（今山西临汾）而得名，其依据唐人用韵情况，把汉字划分成106个韵部（书今佚），是更早的206韵的《广韵》的一种略本。每个韵部包含若干字，作近体诗用韵，其韵脚的字必须出自同一韵部，不能出韵、错用。清代康熙年间，后人所编的《佩文韵府》把《平水韵》并为106个韵部，这就是广为流传的平水韵。

韵部及平声常见字

平声

上平

一东：东同中［中间］终宫雄穹风空功洪红虹鸿丛翁匆通

二冬：冬彤宗钟龙松容溶封胸凶匈汹浓脓重［重复］峰踪

三江：江缸窗邦降［降伏］双泷庞撞豇扛杠腔梆桩幢

四支：支移垂奇儿知池规师姿迟悲时词期基丝司思滋痴

五微：微晖挥韦霏菲［芳菲］飞非扉威玑希衣［衣服］依归

六鱼：鱼渔初书舒居余胥狙锄疏梳虚嘘墟徐猪庐驴除如

七虞：虞愚娱隅无芜于儒须需朱珠株朱殊瑜榆区躯趋芙

八齐：齐黎梨萋堤低提蹄鸡兮倪霓西犀嘶梯迷泥溪圭批

九佳：佳街鞋柴崖涯[支麻韵同]偕阶皆排乖怀淮侪埋揩

十灰：灰恢魁回徊梅枚玫媒煤雷颏崔摧堆陪杯裴皑呆腮

十一真：真因茵辛新晨辰臣人仁神亲申身宾滨槟邻麟珍

十二文：文闻云分[分离]氛芬群君军勤斤勋欣荤汶雯熏

十三元：元原源园袁垣烦喧萱言轩番翻魂温孙门昏根恩

十四寒：寒韩丹单安鞍难[艰难]坛滩残干栏澜兰看盘般

十五删：删关弯湾还环寰班斑蛮颜攀山闲艰间[中间]娴

下平

一先：先前千天坚肩贤弦烟燕[地名]莲怜连田填宣年传

二萧：萧挑凋雕迢条浇聊辽寥宵消霄销超朝潮骄桥飘逍

三肴：肴巢交郊茅嘲钞包胶苞梢姣敲胞抛蛟抄咆哮凹淆

四豪：豪劳毫刀萄桃糟袍蒿涛皋陶曹遭羔糕高毛滔淘熬

五歌：歌多罗河戈和［和平］波娥鹅荷［荷花］何螺禾坡哥

六麻：麻花霞家茶华沙牙蛇瓜斜邪芽嘉瑕纱鸦遮奢巴加

七阳：阳杨扬香乡光堂章张王房芳长塘妆常凉霜藏央狂

八庚：庚更［更改］横［纵横］彭丁英烹平京惊荆明荣贞成

九青：青经形亭庭廷霆蜓馨星灵龄零冥铭瓶萍萤蜻宁型

十蒸：蒸惩澄陵凌菱冰鹰应［应当］绳升登灯曾层能腾滕

十一尤：尤邮流留刘由游悠牛修羞秋周州洲舟柔头沟幽

十二侵：侵寻临林霖针斟沈心琴禽衾吟今金音阴森深琛

十三覃：覃潭南楠男含涵函［包函］岚蚕贪堪谈甘

三昙坛

十四盐：盐檐廉帘嫌严占［占卜］谦纤签瞻炎添兼尖甜恬

十五咸：咸函［书函］岩谗衔帆衫杉监［监察］凡馋搀嵌掺

上声

一董、二肿、三讲、四纸、五尾、六语、七麌、八荠、九蟹、十贿、十一轸、十二吻、十三阮、十四旱、十五潸、十六铣、十七筱、十八巧、十九皓、二十哿、二十一马、二十二养、二十三梗、二十四迥、二十五有、二十六寝、二十七感、二十八琰、二十九豏。

去声

一送、二宋、三绛、四寘、五未、六御、七遇、八霁、九泰、十卦、十一队、十二震、十三问、十四愿、十五翰、十六谏、十七霰、十八啸、十九效、二十号、二十一个、二十二祃、二十三漾、二十四敬、二十五径、二十六宥、二十七沁、二十八勘、二十九艳、三十陷。

入声

一屋、二沃、三觉、四质、五物、六月、七曷、八黠、九屑、十药、十一陌、十二锡、十三职、十四缉、十五合、十六叶、十七洽。

以上仅为平水韵韵部及平声常见字，具体详情需要参考平水韵总目。平水韵是古人作诗所遵循的韵法，同样也被当代诗人偏爱。尽管现在已推出中华新韵,提出"倡今知古,双轨并行",依然无法动摇平水韵的地位,甚至在很多征稿中指明必须使用平水韵,毕竟文言诗歌,遵循古韵才更有味道。

《词林正韵》简介

《词林正韵》的编者是清代戈载,该书共三卷,分平、上、去三声为十四部,入声为五部,一共是十九个韵部,每个韵部中也有细分,具体编号与平水韵相同。这部书主要是戈载依据前人作词用韵的情况归纳的词韵,填词不可使用平水韵,作诗也不可使用词林正韵。

韵部表及通用说明

第一部:东冬董肿送宋

平声一东二冬通用,仄声上声一董二肿、去声一送二宋通用。

第二部:江阳讲养绛漾

平声三江七阳通用,仄声上声三讲二十二养、去声三绛二十三漾通用。

第三部:支微齐灰纸尾荠贿寘未霁泰队

平声四支五微八齐十灰[半]通用,仄声上声四纸五尾八荠十贿[半]、去声四寘五未八霁九泰[半]十一队[半]通用。

第四部:鱼虞语麌御遇

平声六鱼七虞通用,仄声上声六语七麌、去声六御七遇通用。

第五部：佳灰蟹贿泰卦队

平声九佳(半)十灰(半)通用,仄声上声九蟹十贿(半)、去声九泰(半)十卦(半)十一队(半)通用。

第六部：真文元轸吻阮震问愿

平声十一真十二文十三元(半)通用,仄声上声十一轸十二吻十三阮(半)、去声十二震十三问十四愿(半)通用。

第七部：寒删元旱潸铣阮翰谏霰愿

平声十三元(半)十四寒十五删一先通用,仄声上声十三阮(半)十四旱十五潸十六铣、去声十四愿(半)十五翰十六谏十七霰通用。

第八部：萧肴豪筱巧皓啸效号

平声二萧三肴四豪通用,仄声上声十七筱十八巧十九皓、去声十八啸十九效二十号通用。

第九部：歌哿个

平声五歌独用,仄声上声二十哿、去声二十一个通用。

第十部：佳麻马卦祃

平声九佳(半)六麻通用,仄声上声二十一马、去声十卦(半)二十二祃通用。

第十一部：庚青蒸梗迥敬径

平声八庚九青十蒸通用,仄声上声二十三梗二十四迥、去声二十四敬二十五径通用。

第十二部：尤有宥

平声十一尤独用,仄声上声二十五有、去声二十六宥通用。

第十三部：侵寝沁

平声十二侵独用，仄声上声二十六寝、去声二十七沁通用。

第十四部：覃盐咸感俭豏勘艳陷

平声十三覃十四盐十五咸通用，仄声上声二十七感二十八俭二十九豏、去声二十八勘二十九艳三十陷通用。

第十五部：屋沃

入声一屋二沃通用。

第十六部：觉药

入声三觉十药通用。

第十七部：质陌锡职缉

入声四质十一陌十二锡十三职十四缉通用。

第十八部：物月曷黠屑叶

入声五物六月七曷八黠九屑十六叶通用。

第十九部：合洽

入声十五合十七洽通用。

以上仅为词林正韵韵部表，具体详情需要参考词林正韵总目。与平水韵相同，当代词人在作词的时候依然偏爱词林正韵，现在极少有人依照中华新韵作词，个人认为这是有一定原因的。因为词林正韵整合了很多发音相近的字，甚至可以说比平水韵更符合普通话发音习惯。从平水韵和词林正韵可以看出，随着时代的变迁，人们的发音习惯也随之改变。

入声字简介

现在"普通话"即标准现代汉语以北京语音为标准音,以北方话为基础方言,所以普通话没有入声这个声调。古入声字,有的方言今仍读入声,如福建、广东、上海、江苏、山西太原、河北张家口等。入声字在诗词中属"仄"声,无论是古诗词赏析还是近体诗创作,了解入声字都是非常必要的。

古汉语入声字今读平声的常用字(按字母排列):

A:啊

B:八、捌、剥、逼、憋、鳖、瘪(瘪三)、拨、钵、拔、跋、白、薄、雹、鼻、勃、渤、博、搏、膊、帛、泊、驳、伯、箔、舶

C:擦、插、拆、吃、出、戳、撮、察

D:答、搭、滴、跌、督、咄、达、得、德、狄、荻、迪、的、(的确)、涤、敌、嫡、笛、籴、迭、谍、堞、牒、碟、蝶、叠、毒、独、读、渎、犊、黩、夺、度、踱、铎

E:额

F:发、乏、伐、筏、罚、阀、佛、弗、怫、拂、伏、袱、服、幅、福、辐、蝠

G:疙、胳、鸽、搁、割、骨、刮、鸹、郭、聒、蝈、轧、阁、格、蛤、革、隔、嗝、膈、葛、国、掴、帼

H：喝、黑、嘿、忽、惚、淴、唿、豁、合、盒、颌、核、涸、阂、阁、阖、貉、囫、斛、滑、搳、活

J：击、迹、唧、积、屐、绩、缉、激、夹、结、接、揭、掬、鞠、撅、及、汲、级、极、吉、亟、急、疾、嫉、棘、集、瘠、藉、籍、颊、嚼、孑、节、杰、劫、洁、诘、捷、竭、截、睫、局、菊、决、诀、抉、觉、珏、绝、倔、掘、崛、厥、獗、镢、爵、嚼

K：磕、瞌、哭、窟、壳、咳

L：勒、捋

M：抹、摸、没、膜

N：捏

P：拍、劈、霹、撇、瞥、朴、泼、泊、扑、仆、枇、璞

Q：七、戚、漆、掐、切、曲、蛐、屈、缺、阙

S：撒（撒手）、塞（瓶塞儿）、杀、刹（刹车）、失、虱、湿、叔、淑、刷、说、缩、朔、勺、芍、杓、舌、十、什、石、识、实、食、拾、蚀、孰、塾、熟、赎、俗

T：塌、剔、踢、帖（服帖）、贴、凸、秃、突、托、脱

W：挖、屋

X：夕、汐、矽、吸、昔、惜、析、淅、晰、息、熄、悉、蟋、锡、膝、蜥、瞎、歇、蝎、楔、削、习、席、袭、媳、橄、匣、侠、峡、狭、硖、辖、胁、协、挟、穴、学

Y：压、押、鸭、噎、壹、揖、约、曰

Z：匝、咂、扎、摘、汁、只（一只）、织、粥、拙、卓、桌、涿、捉、作（作坊）、杂、砸、凿、责、则、泽、择、贼、扎（挣

扎)、轧、闸、铡、宅、翟、着、折、哲、蜇、蛰、辄、辙、执、直、值、殖、侄、职、妯、轴、竹、竺、烛、逐、灼、酌、茁、镯、啄、琢、卒、族、足、昨

因为各地方言发音有别，所以不是所有人都能体会到入声字的发音规则。在诗词创作中，平水韵、词林正韵均不能与中华新韵混用，其中一个原因就是如果用新韵作诗，这些入声字就属于平声了。

炼字心得

炼字，即根据内容和意境的需要，精心挑选最贴切、最富有表现力的字词来表情达意。从古至今，所有诗人在创作时都非常注重炼字，关于炼字，也流传了很多典故。在大量阅读古诗和诗词创作过程中，我对炼字也有一些简单肤浅的"四要"体会。

一要少用形容词。扬雄在《法言·吾子》中提出"诗人之赋丽以则，辞人之赋丽以淫"，以此类推，在诗句的创作中，如果太过分注意修饰，反而会失去诗句的美感。王维的诗被公认为美，其诗句中就很少用形容词，即使用，也没有用过于华丽的形容词。

二要形容词动名化。即把形容词当作动词或名词使用，这样不仅让诗句多了些色彩，也使语言更加简练。王安石的《泊船瓜洲》中"春风又绿江南岸"，就是将形容词"绿"作为动词使用，陈与义的《春日》中"红绿扶春上远林"，就是将"红绿"作为名词使用，而这两句也是全诗中最传神的句子。

三要巧用动词。自古文人对动词运用很讲究，成语"春秋笔法"就充分说明了这一点，如杀无罪者称"杀"、杀有罪者为"诛"、下级杀上级称"弑"等等。动词用得巧，有时直接可以决定一首诗的意境。贾岛作《题李凝幽居》时，曾为"僧敲月下门"中该用"敲"还是"推"而苦思，"推""敲"二字就充分说明了巧用动词的必要性，如果换成"僧推月下门"似乎就少了点感觉。

　　四要适当省略动词。省略动词不仅使诗句更加简练，更给读者留下一定的想象空间。李白《侠客行》中的"白首太玄经"就是典型的省略动词，其意为"白首老人扬雄著写《太玄》"，如果改为"白首著玄经"，虽然主谓宾齐全，但却显得有些平凡。

　　以上"四要"仅为我对诗句炼字的个人体会，可能比较片面，但炼字的重要性是历代文人都认可的，且不仅适用于诗歌，也适用于其他文体。